O Casamento Suspeitoso

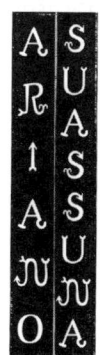

O Casamento Suspeitoso

Edição XVI

Ilustrações
Manuel Dantas Suassuna

♄

Copyright © 2021 Ilumiara Ariano Suassuna
Copyright das ilustrações © 2021 Manuel Dantas Suassuna

Direitos de edição da obra em língua portuguesa no Brasil adquiridos pela Editora Nova Fronteira Participações S.A. Todos os direitos reservados. Nenhuma parte desta obra pode ser apropriada e estocada em sistema de banco de dados ou processo similar, em qualquer forma ou meio, seja eletrônico, de fotocópia, gravação etc., sem a permissão do detentor do copirraite.

EDITORA NOVA FRONTEIRA PARTICIPAÇÕES S.A.
Rua Candelária, 60 — 7º andar — Centro — 20091-020
Rio de Janeiro — RJ — Brasil
Tel.: (21) 3882-8200

Imagens de capa: Zélia Suassuna

Dados Internacionais de Catalogação na Publicação (CIP)

S939c   Suassuna, Ariano, 1927-2014
            O casamento suspeitoso / Ariano Suassuna; ilustrações por Manuel Dantas Suassuna. - 16. ed. - Rio de Janeiro: Nova Fronteira, 2021.
            144 p.

    ISBN 978-65-5640-327-4

    1. Literatura brasileira . I. Suassuna, Manuel Dantas. I I. Título

21-59830   CDD: 869.2
                                                CDU: 822 (81)

André Queiroz – CRB-4/2242

Esta peça é dedicada a
Luís Delgado
e
Carlos Maciel
com a grata amizade do Autor.

Sumário

Nota do Autor	11
Primeiro Ato	19
Segundo Ato	65
Terceiro Ato	103
Nota Biobibliográfica	140

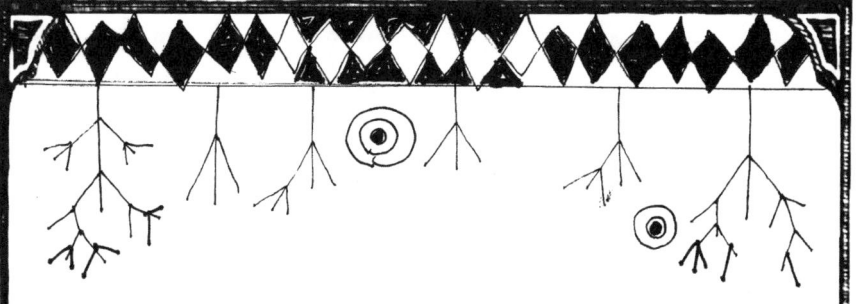

A história do homem é a história de seus vícios.

(Reflexão do falso MATIAS AIRES)

Nota do Autor

Depois de encenada e revista por duas vezes, entrego ao público, em forma definitiva, minha peça *O Casamento Suspeitoso*. Creio que, de todas as que montei, foi esta a mais atacada. Os pontos mais visados eram referentes às minhas repetições e vulgaridades. Disseram, por um lado, que eu estava repetindo tipos e situações já usados no *Auto da Compadecida* e, por outro, que empregara, nesta comédia, mais do que na primeira, meios vulgares e grosseiros de comicidade, além de criar personagens sem sentido.

Quanto a esta última crítica, não posso avaliar até que ponto é justa ou não. Quanto às duas primeiras, porém, tenho algo a dizer: tais críticas partem de uma ideia do teatro e de uma concepção do mundo inteiramente diferentes das minhas, absolutamente inconciliáveis com as minhas. Na invenção de certos personagens, por exemplo, o que fiz foi um processo clássico de recriação de tipos já existentes numa comédia popular, seguindo, no caso, a tradição do Romanceiro Popular Nordestino. No mesmo sentido — se bem que com outra medida, é claro, porque se tratava de dois gênios — Molière e Goldoni recriaram os tipos da comédia popular mediterrânea. Não se preocupou, o primeiro, com o fato de o Sganarelle do *Don Juan* parecer com o Silvestre de *Les Fourberies de Scapin*; de serem semelhantes e terem problemas semelhantes o M. Jourdain de *Le Bourgeois*

Gentilhomme e o George Dandin; de serem seus jovens apaixonados quase iguais; de serem seus criados astutos, Sosie, La Flèche ou Scapin, herdeiros diretos do *Arlequim* e traçados sob padrões semelhantes de astúcia e simpatia; e assim por diante. Não se incomodou o segundo de escrever peças em que os personagens eram diretamente transpostos da tradição popular, esquemática e fixa, não se dando sequer ao trabalho de mudar seus nomes de peça para peça. E assim, toda uma tradição clássica do teatro e da novela. Não se agia desse modo por falta de imaginação — era o que faltava, acontecer isso com Molière, Goldoni ou Shakespeare! —, mas porque aquilo firmava uma tradição e um estilo, valorizava o que já existia na consciência coletiva, aproveitava, com maior solidez, uma arquitetura preexistente e que já recebera, na sanção coletiva, o selo de uma perenidade que só um orgulho muito tolo deixaria de lado em nome da criação exclusivamente individual.

Dizer, assim, que o mundo das Carobas, dos Joões Grilos ou dos Cancões, em que me baseio, é um mundo pobre e que vai me levar para a repetição estéril é, ao mesmo tempo, falta de respeito a algo que é profundamente nosso e, ao contrário do que dizem, muito rico — muito mais do que o teatro contemporâneo, burguês e "erudito" —, e desconhecimento total daquilo que Ortega y Gasset chamou "a realidade mais eficiente do teatro" — a tradição do teatro grego e romano, do elisabetano, do espanhol e francês clássicos, do goldoniano, do alemão oitocentista, enfim, do teatro que considero o grande teatro e que ele opõe ao contemporâneo, "o teatro em ruína", expressão que subscrevo integralmente. Se a tradição popular nordestina é pobre, não o será mais do que, por exemplo, a da Commedia dell'Arte que aqueles gênios renovaram e cujos tipos eram poucos e esquemáticos.

Quanto à vulgaridade dos meios cômicos de que lanço mão, é coisa que não me incomoda absolutamente. Não tenho nenhuma tendência para a finura — pelo menos para isso a que os distintos chamam de finura. Ao humor educado e delicado deles, prefiro o rasgado e franco riso latino, que inclui, entre outras coisas, uma loucura sadia, uma sadia violência e um certo disparate. Depois, vejo os mestres que mais amo manifestarem a mesma preferência que eu, seja no Falstaff, seja no Scapin, por exemplo, este último criticado por Boileau — uma espécie de distinto intelectual da época — por causa da "vulgaridade" da cena em que Scapin dá umas cacetadas em Geronte, enganando-o com a ameaça de pretensos inimigos. Mas é sempre assim: os distintos pensam de um modo e os autores de outro.

Repito assim que, quando aproveito, de um romance popular, a ideia do João Grilo — que apresento em minha peça recriado como tipo e não como transposição direta do mito —, sei perfeitamente o que estou fazendo. Como sei também o que estou fazendo quando recrio do mesmo modo outro "amarelinho", outro "quengo" (pessoa astuta, sabida), o Cancão, de *O Casamento Suspeitoso*.

A mesma coisa acontece na criação de outros personagens, estes partidos, não mais de uma tradição oral, mas da realidade.

O Chicó, do *Auto da Compadecida*, foi baseado num personagem real, já morto, cujas histórias são conhecidíssimas em Taperoá, pela geração anterior à minha. O mesmo acontece com Manuel Gaspar, baseado num serviçal de minha família, ainda vivo, com o mesmo nome, gago e não muito corajoso, para quem quiser ir ver. Quando juntei o primeiro a um amarelinho astuto (João Grilo) e o segundo a outro (Cancão), sabia que estava incorrendo na incompreensão de toda essa gente. Mas isso não me interessava: o que me interessava era novamente recriar uma tradição do teatro popular, esta circense — a que apresenta sempre ao lado de um palhaço astuto, meio maldoso e valente, um outro, bobo, ingênuo, moralista e covarde. Essa tradição, aliás, corresponde, como sempre acontece com a autêntica, a uma verdade profunda, pois ordinariamente as pessoas astutas, inteligentes, têm um amigo, um empregado, um sócio, um secretário, seja lá o que for, que é mais ou menos a antítese de suas qualidades e a quem elas se apegam com grande amizade temperada de bonomia, ironia e benevolência. Aliás, o professor Enrique Martinez López, na exegese admirável com que honrou o *Auto da Compadecida* — a mais completa, profunda, compreensiva e erudita que eu podia desejar —, salientou, com enorme agudeza, o fato de que Chicó era o bobo oficial da peça, muito mais palhaço do que o Palhaço. As duas duplas, João Grilo-Chicó e Cancão-Gaspar, são, assim, uma recriação da dupla circense que o povo, com seu instinto certeiro, batizou admiravelmente de "O Palhaço" e "O Besta". Dupla que pode se reencontrar a cada passo na realidade ou na semirrealidade, como aquela formada pelo "Homem da Cobra" e pelo "Secretário", da propaganda comercial popular nordestina; ou no mundo da arte, como o Mateus e o Bastião, do Bumba-Meu-Boi. Creio que basta como explicação.

(1961)

A.S.

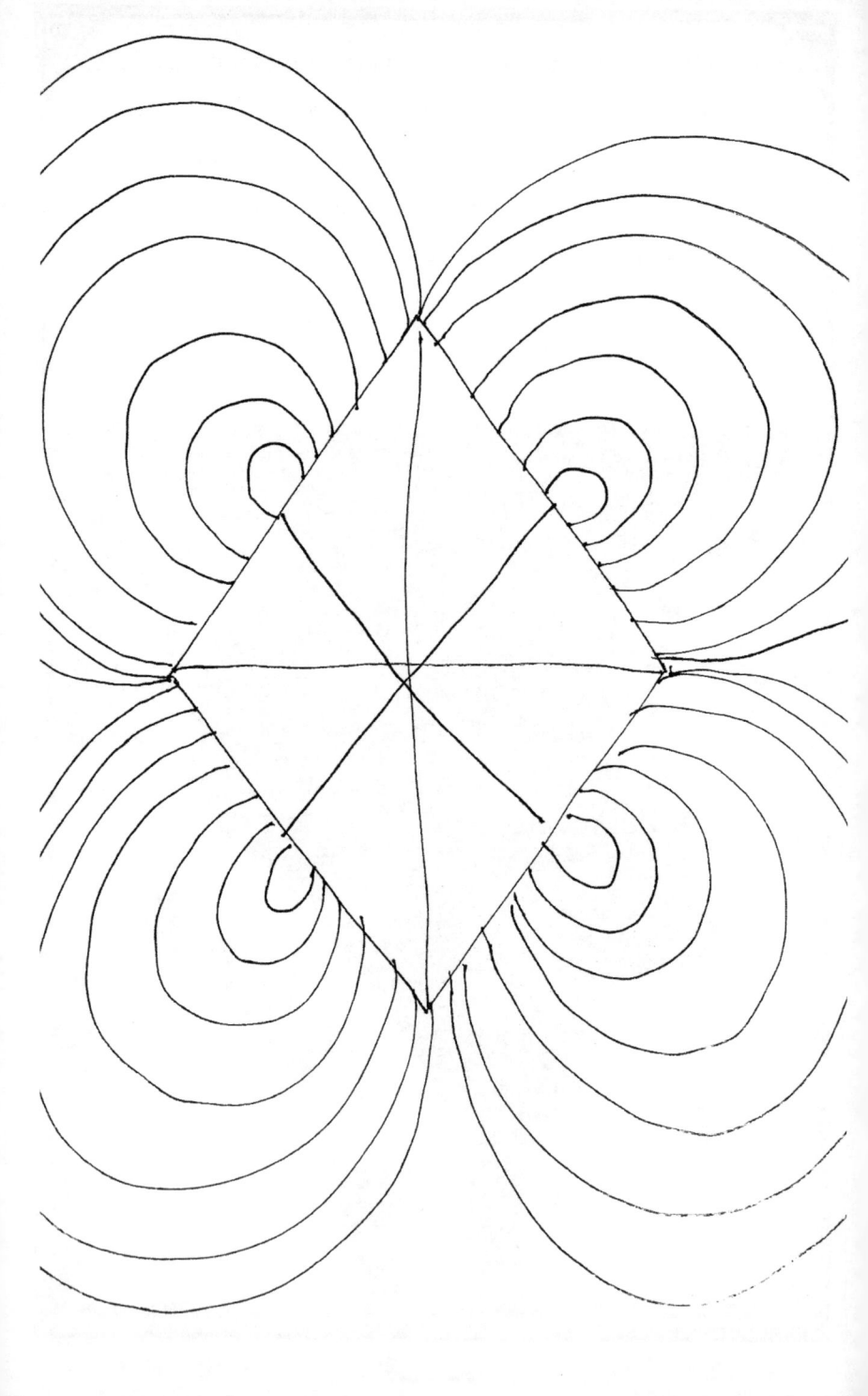

O Casamento Suspeitoso estreou a 6 de janeiro de 1958, no Teatro Bela Vista, em São Paulo, pela Companhia Nydia Lícia--Sérgio Cardoso, sob direção de Hermilo Borba Filho, com cenário e figurinos de Carmélio Cruz, e sendo os papéis criados pelos seguintes atores:

Cancão — *Sérgio Cardoso*

Manuel Gaspar — *Zeluiz Pinho*

Lúcia — *Vanda Kosmo*

Susana — *Marina Freire*

Frei Roque — *Eduardo Waddington*

O Juiz Nunes — *José Egídio*

Geraldo — *Raimundo Duprat*

Roberto — *Carlos Zara*

Dona Guida — *Sidnéia Rossi*

Primeiro Ato

Uma sala de casarão sertanejo. Portas para quartos e corredor. Uma grande mala ou um guarda-roupa. Estão em cena CANCÃO, GASPAR *— que é gago — e o juiz* NUNES.

NUNES

Mas afinal de contas, por que é que eu fui chamado?

CANCÃO

Porque a moça quer casar com Geraldo assim que chegar. A mãe disse que não transige nessas questões de moral e que se a filha ficar aqui com o noivo sem casar podem falar dela.

NUNES

Esse casamento é impossível, não se publicaram os proclamas.

CANCÃO

E se Geraldo abrir o inventário do pai dele? O senhor se lembre que esse inventário é o mais rico, o mais cheio de custas que já apareceu por aqui. Se ele abrir o inventário o senhor dá um jeito para o casamento não ser hoje?

NUNES

Se esse inventário se abrir, Cancão, eu faço o que Geraldo quiser. Mas você não disse que a moça quer casar hoje?

GASPAR

    Disse.

CANCÃO

    Mas Geraldo não quer não, quem quer é a moça. É claro que ele não pode dizer isso abertamente, seria uma indelicadeza com a noiva. Mas se o senhor lhe desse o pretexto para não casar hoje, ele ficaria muito grato e abriria o inventário.

NUNES

    E qual é o desejo de Dona Guida?

CANCÃO

    É o mesmo de Geraldo, adiar o casamento. É por isso que Geraldo não quer se casar hoje, está com medo de dar um desgosto à mãe.

NUNES

    Mas será que não vou me complicar? Depois de casada, essa moça vai manobrar Geraldo e quem sai perdendo sou eu, que atrapalhei o casamento dela no começo.

CANCÃO

    Faz-se tudo disfarçado. Eu convenço Geraldo e Dona Guida a requererem o inventário e o senhor sai da cidade para avaliar a propriedade que o pai dele deixou. Isso tem duas vantagens: aumenta as custas e o casamento tem de ser adiado porque o juiz está fora.

NUNES

    É uma boa ideia, mas eu estou desconfiado. Qual é seu interesse nisso tudo?

CANCÃO

    Doutor Nunes, eu sou amigo de Geraldo!

NUNES

    Não diga! Você pensa que eu sou menino, é, Cancão? Ainda mais esse santo aqui! Diga logo: qual é seu interesse?

CANCÃO

    Bem, se o senhor garante segredo... Meu interesse é o inventário. O senhor sabe que Geraldo e Dona Guida têm toda confiança em mim. Pois bem, eu arranjo que eles requeiram o inventário. Mas em troca o senhor vai nomear a mim e a Gaspar como avaliadores nele. Assim, a gente entra também no dinheiro das custas.

NUNES

    Ra, ra! Era isso, hein? Agora sim, estou vendo que suas intenções são boas. Pois pode contar, Cancão: na falta dos proclamas, eu levanto os impedimentos legais e o casamento se adia. Mas Dona Guida sabe que eu só saio da cidade se ela requerer o inventário?

CANCÃO

    Sabe.

NUNES

    Então está combinado. A procuração para meu amigo Sousa já está preparada. Eu como juiz, ele como causídico e vocês dois como avaliadores...

GASPAR

    Está organizada a praga de gafanhotos.

NUNES

    Que tolice, que vulgaridade! Digamos: "A máquina da Justiça está montada!"

Entram GERALDO e DONA GUIDA. Esta vem numa cadeira de rodas, empurrada pelo filho, com o pé repousando numa forquilha, pois sofre de gota. É surda e usa corneta, para ouvir melhor. Com o pé envolvido de gaze, em bola, anda ainda com uma maleta cheia de dinheiro.

DONA GUIDA

    Cancão, meu filho, como vai você? Que é que está fazendo aí com esse ladrão?

NUNES

    Dona Guida gosta de tirar umas brincadeiras com a Justiça!

DONA GUIDA

    Ele já roubou você?

NUNES

    Ra, ra, ra! Essa Dona Guida é ótima, diz cada brincadeira...

CANCÃO

> Geraldo, o casamento não pode se fazer hoje, não se publicaram os proclamas. Mas isso tem uma relação enorme com a abertura do inventário de seu pai.

GERALDO

> Do inventário?

NUNES

> Ah, é, uma relação danada!

CANCÃO

> Dona Guida quer que o casamento seja hoje?

GERALDO

> Não, mas fale baixo, você sabe mamãe como é!

CANCÃO

> Não é verdade que sua noiva é a mais interessada no casamento hoje? Por questões de ordem moral?

GERALDO

> Bem, eu acho que...

CANCÃO

> Ela não disse isso na carta?

GERALDO

> Disse.

CANCÃO

> *(Baixo ao juiz.)* Então, está tudo claro, não?

NUNES

> Claríssimo e tudo está encaminhado. O inventário é nosso!

Barulho de automóvel.

GASPAR

O carro de Herotides!

GERALDO

Meu Deus, acho que são elas!

Entram LÚCIA, SUSANA e ROBERTO FLÁVIO. Ele vem com camisa colorida, estampada, óculos e máquina a tiracolo. As duas devem vir vestidas de modo refinado, exagerado, esquisito, ultramoda, de maneira a contrastar o mais possível com a pobreza de CANCÃO e GASPAR, com a sóbria discrição de GERALDO e DONA GUIDA e com a pretensão do juiz.

LÚCIA

Geraldo, meu Geraldo! *(Abraça-o, beija-o e chora de emoção.)*

GERALDO

Minha filha!

LÚCIA

Desculpe, mas não pude me conter! Há quase um mês que não o vejo!

SUSANA

Quanta sensibilidade!

DONA GUIDA

(Impassível, ante a comédia.) Ó Geraldo!

GERALDO

Que é, mamãe?

DONA GUIDA

Quem é esse vigarista vestido de mulher?

ROBERTO

Mas Tia Guida!

DONA GUIDA

Como foi?

ROBERTO

Eu disse: "Mas Tia Guida!"

DONA GUIDA

Tia Guida? Geraldo, esse camarada não presta não. Como é que ele pode ser meu sobrinho se eu não tenho irmão?

ROBERTO

(Cada vez mais amarelo.) É um modo de falar, um modo afetuoso.

DONA GUIDA

Geraldo, mande esse camarada pra fora daqui, ele não vale nadinha! Como é que ele pode ter afeto por mim se nunca me viu? E essas mulheres? Mande as duas mais para o claro, quero ver a cara delas.

GERALDO

Mas mamãe, é Lúcia!

DONA GUIDA

Seja quem for, quero ver se elas prestam ou não!

SUSANA

Guida, minha prima, você não sabe o que este encontro significa para mim! Não tenho mais ninguém no mundo a não ser vocês, e a família para mim era tudo!

DONA GUIDA

Para mim também, Susana. Mas vocês são minhas parentas mesmo? Eu nunca tinha ouvido falar em vocês.

SUSANA

Estivemos afastadas tanto tempo... Como vai Tia Madalena?

DONA GUIDA

Tia Madalena? Você conheceu?

SUSANA

Conheci, Guida! E então? Como vai ela?

DONA GUIDA

Morreu, Susana! *(Assoa-se.)*

SUSANA

(Chorando.) Minha Nossa Senhora, assim é a vida! E Tia Felicidade?

DONA GUIDA

Morreu, Susana!

SUSANA

    Mas é possível? Que é que eu faço no mundo sem minha família? E Tio Joaquim?

DONA GUIDA

    Morreu, Susana!

LÚCIA

    Por favor, não posso mais! Ligada como sou à minha família, fico em tempo de morrer com essas evocações tristes! *(Chora.)*

DONA GUIDA

    Ó Geraldo, você não tem vergonha de maltratar essas duas santas? Que foi que você fez com elas?

GERALDO

    Eu? Nada, mamãe!

LÚCIA

    Deixemos isso, nós mulheres sofremos tanto que nos entendemos logo ao primeiro contato. Seu filho é o melhor dos noivos e eu já me sinto como filha sua.

DONA GUIDA

    Deus a abençoe.

CANCÃO

    Amém.

LÚCIA

    Mas Geraldo, você ainda não nos apresentou a seus amigos, tão simpáticos. Eu sou Lúcia Renata, meu primo chama-se Roberto Flávio, aqui minha mãe, Susana Cláudia.

GASPAR

Que estrago mais danado, dois nomes para cada pessoa!

GERALDO

Este aqui é Cancão.

LÚCIA

Cancão? Mas deve ser muito gostoso se chamar Cancão!

GERALDO

Este aqui é Manuel Gaspar.

GASPAR

Gaspar, para os amigos.

SUSANA

Mas é muito gostoso isso!

GASPAR

Gostoso, é?

SUSANA

E então?

GASPAR

(A CANCÃO.) Se essa mulher for séria eu me dane.

GERALDO

Este aqui é o juiz Nunes.

LÚCIA

O juiz? Não, não é possível, você concordou! Geraldo, meu amor, nunca fui tão feliz.

CANCÃO

>   *(A GASPAR.)* Saia de perto, Dona Guida vai estourar.

DONA GUIDA

>   Que confusão é esta?

SUSANA

>   Foi Geraldo que concordou com o casamento, Guida!

DONA GUIDA

>   Com o casamento? E ele não já tinha concordado?

SUSANA

>   Com o casamento hoje, Guida.

DONA GUIDA

>   Hoje? Sem correr os banhos?

SUSANA

>   Para que essas formalidades? Nós não somos da família?

DONA GUIDA

>   São, mas casamento desse jeito pra mim é pouca vergonha!

LÚCIA

>   Ah, Geraldo, meu bem, nunca pensei!

SUSANA

>   Se Tia Madalena fosse viva...

DONA GUIDA

>   Se Tia Madalena fosse viva botava vocês pra fora de casa! E tem uma coisa, vou para meu quarto, porque

uma safadeza dessa eu não assisto. *(GERALDO vai ajudá-la com a cadeira mas ela o repele.)* Vá pra lá!

NUNES

Dona Guida, Dona Guida!

DONA GUIDA sai empurrando ela própria a cadeira, pelas rodas, e o juiz segue-a. CANÇÃO faz um sinal a GASPAR.

GASPAR

(Saindo no encalço dos dois.) Vou ver se aplaco Dona Guida.

GERALDO

(Aflito.) Não reparem, por favor! Lúcia! Dona Susana! Minha mãe tem esse gênio assim, mas é uma pessoa boníssima! Lúcia!

LÚCIA

Não, Geraldo, ela tem razão. Agora, você não me quererá mais e vai pensar que eu sou uma desfrutável!

GERALDO

Mas filhinha, não diga uma coisa dessa!

LÚCIA

E afinal, que importa? Para mim, de qualquer modo, é a mais terrível viuvez! Vou terminar meus dias num convento, como irmã de caridade!

SUSANA

    Que amorosidade, que dedicação!

CANCÃO

    Está tudo muito bem, mas o melhor é pensar logo em resolver a história. O problema é todo causado pelo juiz, que inventou essa história de proclama.

GERALDO

    Por quê?

CANCÃO

    O que ele quer é o inventário de seu pai. Está louco pelo dinheiro desse inventário e, se você fizer o requerimento, o juiz dá uma certidão de que os proclamas foram publicados e faz o casamento. Assim, Dona Guida não tem mais de que se queixar. Eu já combinei tudo com o juiz.

LÚCIA

    Mas é muito bom esse seu amigo, Geraldo!

CANCÃO

    O negócio agora é convencer Dona Guida a requerer o inventário, mas Gaspar já está tratando disso. Por que você não vai ajudá-lo?

GERALDO

    Eu vou. Cancão, obrigado, se essa história se resolver sem minha mãe se zangar, fico lhe devendo um favor para o resto da vida. *(Sai.)*

ROBERTO

Cancão, nós apreciamos muitíssimo o interesse que você está tomando, mas dá pra desconfiar. Que é que você está ganhando nessa história?

CANCÃO

É que o juiz prometeu me nomear avaliador no inventário e assim eu também entro nas custas.

LÚCIA

Ah, era isso, hein? Então está certo, a gente ajuda você nisso e você nos ajuda no casamento. Antes não, mas agora vejo que suas intenções são boas.

Entram GERALDO, DONA GUIDA, GASPAR e NUNES.

GASPAR

Pode assinar que eu garanto, Dona Guida. A senhora não sabe que eu sou de confiança?

DONA GUIDA

Mas eu não assino!

GASPAR

Dona Guida, eu entendo disso, já me casei três vezes!

SUSANA

Interessante, você se casou três vezes, foi? Deve ser um grande amoroso, não?

GASPAR

>Nada, foi coisa da mocidade! Pau seco não dá embira, nem corda velha dá nó.

SUSANA

>Mas coisa triste na vida é ficar no mundo só!

GASPAR

>Ai, e a senhora é poeta, é?

SUSANA

>Versejo.

GASPAR

>Se essa mulher for séria eu me dane! Como é, Dona Guida, assina ou não assina?

DONA GUIDA

>O que é que você acha, Cancão?

CANCÃO

>Sou pela assinatura, Dona Guida.

DONA GUIDA

>Então...

Estende a mão a GERALDO, que faz o mesmo a NUNES. Este entrega a procuração, que DONA GUIDA assina.

NUNES

>Geraldo, queira assinar também. Obrigado. Muito bem, agora a coisa vai. *(Cumprimentando.)* Geraldo! Dona Guida!

DONA GUIDA

　　Eu assinei, mas você é ladrão, viu?

NUNES

　　Ra, ra, ra! Dona Guida sempre com brincadeira! Está tudo combinado e com o inventário requerido, você pode contar com a Justiça.

CANCÃO

　　Para a questão dos impedimentos, não é?

NUNES

　　Isso mesmo. Geraldo! Dona Guida! Meu caro avaliador! *(Sai.)*

SUSANA

　　Oi, que é isso? O juiz vai embora?

CANCÃO

　　Vai vestir aquela batina dele, só faz casamento assim.

LÚCIA

　　Cancão, você é um amor. Não tenha ciúme não, Geraldo, mas esse seu amigo é simplesmente extraordinário!

GASPAR

　　É minha primeira mulher todinha!

LÚCIA

　　Roberto, meu filho, precisamos agradecer a Cancão.

ROBERTO

　　E Tia Guida tão boa, concordando em assinar!

SUSANA

　　Estamos muito gratas, muito contentes. *(Aproveita para abraçar GASPAR.)* Gaspar, você é um amor.

DONA GUIDA

　　Está tudo muito bem, mas ninguém me disse ainda o que foi que veio fazer aqui esse vigarista vestido de mulher!

ROBERTO

　　Minha senhora!

LÚCIA

　　Tia Guida, é Roberto, meu primo. Gosto tanto dele! Veja, me diga se uma pessoa que tem esses braços tão puros é capaz de fazer mal a ninguém! Veja os braços dele! Que pureza, que inocência!

GASPAR

　　Menino, é a finada safada todinha!

LÚCIA

　　Não vá ficar com ciúme!

GERALDO

　　Eu, minha filha? Que ideia!

DONA GUIDA

　　E o casamento religioso?

CANCÃO

　　Frei Roque chega já no ônibus de Campina.

SUSANA

　　Então vamo-nos preparar. Você não vem?

ROBERTO

>Não, vou buscar o juiz, é mais seguro. *(Sai.)*

CANCÃO

>Vão se vestir, o juiz chega já e vocês devem terminar tudo do modo mais rápido possível.

LÚCIA

>*(Com intenção.)* Ah, sim, o mais rápido possível.

Saem LÚCIA e GERALDO abraçados, seguidos de SUSANA. Ruído de carro se afastando.

GASPAR

>*(Da janela.)* Cancão, o carro com o juiz.

CANCÃO

>Pronto, Dona Guida, agora o juiz só pode voltar lá pra meia-noite e o casamento não se faz hoje de jeito nenhum.

DONA GUIDA

>Ave Maria, se Gaspar não me avisa, eu nunca assinaria a procuração. Mas você tem certeza que a moça não presta?

GASPAR

>Certeza plena, Dona Guida. Tomei todas as informações que a senhora pediu a meu cunhado, que mora no Recife. A mulher tanto é ruim como não

presta. Toda decepada, toda descabriolada... Tem um falaço danado.

DONA GUIDA

Falaço?

GASPAR

Sim, todo mundo fala dela. Só não pude descobrir se é capiongueira. *(Faz o gesto de roubar, para indicar o que é.)* Mas isso não faz falta não, porque a mãe é. A filha é a finada safada e a mãe é a finada velhaca todinha. A senhora acha que isso que elas estão fazendo é de mulher séria?

DONA GUIDA

Na verdade, quem já ouviu falar de casamento assim?

CANCÃO

Estão é com medo que a gente descubra tudo e querem fazer o casamento logo, para se garantir.

GASPAR

Cancão, pelo amor de Deus, o estouro começou.

CANCÃO

Que é?

GASPAR

O tal do Roberto Flávio vem ali todo afrontado.

CANCÃO

Dona Guida, saia, deixe tudo por minha conta.

DONA GUIDA sai. ROBERTO entra, vindo da rua.

ROBERTO

O juiz saiu da cidade. Que é que quer dizer isso?

CANCÃO

Eu sei lá! Eu tenho nada com o juiz! Você vá perguntar à mãe dele, que é quem pode saber!

ROBERTO

Tentei alcançá-lo, mas não existe outro carro na cidade. Agora, tem uma coisa: se eu descobrir que tem gente nos enganando, vocês me pagam! *(Interrompe-se e sai arrebatadamente.)*

GASPAR

Cancão, eu vou-me embora! Estou em tempo de morrer de medo.

CANCÃO

Não, precisamos de alguma coisa para dizer a Geraldo. Fique escondido aqui. De acordo com o que eles disserem, a gente faz o plano.

GASPAR

E se eles não vierem?

CANCÃO

Não se incomode não, que eles vêm me procurar.

GASPAR

E se depois eles não quiserem mais sair?

CANCÃO

Ah, minha Nossa Senhora! Será possível que eles passem o resto da vida aqui?

GASPAR

>A impressão que eu tenho é que vou enfrentar de uma vez só a finada safada e a finada velhaca.

CANCÃO

>Esconda-se, homem de Deus! Assim está bom. Depois, corra e vá me contar tudo.

GASPAR

>Se me deixarem com vida, eu vou! Adeus, Cancão, até Dia de Juízo!

GASPAR se esconde atrás de uma cortina e CANCÃO sai para a rua. Entram LÚCIA, ROBERTO e SUSANA.

LÚCIA

>Fugiram! Mas é possível que tenham tido essa ousadia?

ROBERTO

>Não estou lhe dizendo que o juiz saiu da cidade? Só pode ter sido combinado!

SUSANA

>A culpa foi sua!

ROBERTO

>Minha por quê?

SUSANA

>Todo mundo viu logo que esse agarramento de Lúcia com você não era de primo.

ROBERTO

    E eu tenho culpa de sua filha não poder passar sem mim?

LÚCIA

    Roberto, mamãe, vamos parar com isso. Que é que adianta discutir? A culpa foi de todos nós. Minha, porque não posso passar sem meu cachorro.
    Dele, porque veio atrás de mim...

SUSANA

    Pelo dinheiro, por você não!

LÚCIA

    Olhe o ciúme dela! E então? Quem vale o que ele vale pode ser exigente! Ainda sabe dar aqueles latidos?

ROBERTO

    Au, au, au!

LÚCIA

    Fico toda arrepiada! Dê mais, um só!

ROBERTO

    Au, au, au!

LÚCIA

    Não é um amor? É muito gostoso, fico inteiramente louca! Geraldo ainda não sabe de nada e aqueles dois vão me pagar. O amarelo é ruim mas eu tenho mais raiva é daquele gago safado! Ele vai me pagar.

A cortina começa a tremer, ROBERTO vai lá e levanta-a cuidadosamente. GASPAR está de costas, com a cara na parede, e não vê que foi visto. ROBERTO baixa de novo a cortina, tirando o cinturão.

ROBERTO

Ah, vai. Sabe o que eu faço se pegar os dois? Tiro assim o cinturão e passo nas costas dele. *(Dá em GASPAR.)*

LÚCIA

Passa mesmo?

ROBERTO

Passo, mesmo assim. *(Idem.)* E se ele reagisse, aí eu dizia: "Tome, tome, tome, tome, safado. Isso é para não estar se metendo a besta pra meu lado!"

LÚCIA

É melhor aguardar, talvez até estejamos acusando os pobres sem motivo! Vamos terminar de nos vestir.

Fazem uma falsa saída. GASPAR sai do esconderijo, esfregando o espinhaço, e corre para a rua. Os três voltam.

ROBERTO

Então?

LÚCIA

Agora não há mais dúvida. É preciso dar uma lição nesses dois.

Susana

Eles já tomaram a dianteira. Agora, ainda por cima, vão contar a Geraldo tudo o que Gaspar ouviu. E você com suas histórias de cachorro e de latido!

Lúcia

Deixe tudo por minha conta. Em primeiro lugar, vamos acabar o lugar do crime. Ajudem-me a tirar esta cortina. Isto. Que mais, meu Deus? Ah, sim: você trouxe filme na máquina?

Roberto

Trouxe, sim.

Lúcia

Fique escondido atrás do oratório daquele quarto e fotografe o começo do que assistir. Só o começo, viu? Você vai?

Roberto

Vou.

Lúcia

Faça isso e o dinheiro será nosso. Seu, porque diante de você eu não tenho vontade.

Roberto

Está bem, mas tenha cuidado. Ou esse casamento dá certo ou estamos desgraçados. O dinheiro está a ponto de se acabar. *(Sai.)*

Susana

Lúcia, minha filha, é o negócio do retrato?

Lúcia

É.

Susana

E Roberto vai ver? Isso não fica bem, afinal de contas nós temos nossos princípios!

Lúcia

Ih, mamãe, isso é hora de falar em princípios? Roberto não tem essas besteiras não!

Susana

Mas não sei se será aconselhável você se cansar. Afinal de contas são dois, Cancão e Gaspar.

Lúcia

Ah, o que você quer é se encarregar de Gaspar.

Susana

Não está vendo que eu não posso deixar você fazer esse sacrifício sozinha? Que mãe você pensa que eu sou?

Lúcia

Está bem, Gaspar fica por sua conta. Vai ser uma novidade, hein? Tão rústico! Mas saia, Geraldo vem aí.

Susana sai. Entra Geraldo e Lúcia começa a chorar, fingindo que não o vê.

Geraldo

Então está tudo pronto? Que é isso? Está chorando, meu bem? Que é isso?

LÚCIA

Que é isso! Coitado, tão inocente, tão cheio de boa-fé!

GERALDO

Eu? Que há?

LÚCIA

É melhor você não saber.

GERALDO

Foi alguma coisa que eu fiz?

LÚCIA

Que mal podia me fazer o melhor e mais amado dos noivos?

GERALDO

Então foi minha mãe?

LÚCIA

Sua mãe é uma santa, que mal podia me fazer?

GERALDO

É, mas como ela ficou contra o casamento...

LÚCIA

Casamento? Que casamento?

GERALDO

Mas meu bem! O nosso, é claro!

LÚCIA

Meu Deus, como é que se tem coragem de trair uma inocência dessa! Não vai haver casamento nenhum, querido. Tornaram nosso casamento impossível.

GERALDO

    Tornaram? Quem foi?

LÚCIA

    Seus dois amigos, Cancão e Gaspar.

GERALDO

    Não é possível!

LÚCIA

    Está vendo? Eu sabia que minha palavra valia menos do que a deles.

GERALDO

    Sua palavra é tudo para mim, meu amor. Mas o que foi que eles fizeram?

LÚCIA

    Tiraram o juiz daqui de Taperoá, ele saiu de repente no mesmo carro em que nós viemos. Foi avaliar sua propriedade, Roberto soube.

GERALDO

    É para aumentar as custas, ele faz isso em todo inventário.

LÚCIA

    Todo mundo sabe disso em Taperoá? Desse costume do juiz?

GERALDO

    Sabe.

LÚCIA

    Quem aconselhou você a requerer o inventário?

GERALDO

    Cancão.

LÚCIA

    Você vê agora o plano? Ele aconselhou você a requerer para tirar o juiz e impedir assim o casamento.

GERALDO

    Mas com que interesse Cancão iria fazer isso?

LÚCIA

    Você sabe que o juiz prometeu nomeá-lo avaliador, caso ele aconselhasse você a abrir o inventário?

GERALDO

    Não é possível!

LÚCIA

    Não é possível! Como foi que o juiz se dirigiu a Cancão na hora de sair?

GERALDO

    Meu caro avaliador!

LÚCIA

    Está vendo?

GERALDO

    Mas é possível que meus melhores amigos... Gaspar também está metido nisso?

LÚCIA

    Claro, também vai ser nomeado!

GERALDO

    Mas Cancão e Gaspar, logo eles!

LÚCIA

    E você não sabe o pior de tudo, meu amor.

GERALDO

    Pior ainda?

LÚCIA

    Não, é melhor não dizer nada, você tem um gênio tão esquentado!

GERALDO

    Não, agora quero saber tudo!

LÚCIA

    Você promete não perder a cabeça?

GERALDO

    Sei lá! Que foi?

LÚCIA

    Não sei se você reparou, mas desde que cheguei os dois ficaram me olhando de um jeito... Toda vez que eu cruzava as pernas ou ficava de costas...

GERALDO

    Canalhas!

LÚCIA

    Pode ter sido engano meu, mas por segurança comecei a tratá-los à distância. Nessas coisas é bom não facilitar. Eles sentiram a história e, por vingança,

resolveram me prejudicar junto a você. Resolveram...
Não, não digo, é uma coisa tão baixa que eu...

GERALDO

Diga, meu bem, você está acima destas coisas!

LÚCIA

Mamãe ouviu os dois dizendo que vão me caluniar.

GERALDO

Caluniar? Como?

LÚCIA

E eu sei? Mamãe não quis me dizer do que se tratava direito, para não ferir minha inocência! Era uma coisa horrível, uma história dum cachorro, duns latidos... Parece que era para dizer a você que eu era mesmo que uma cachorra!

GERALDO

Meu Deus, é possível tanta maldade?

LÚCIA

Eles combinaram dizer que eu traía você com Roberto. Combinaram dizer que Gaspar tinha me espreitado por trás de uma cortina, aqui. E a sala nem com cortina está, veja!

GERALDO

Meu Deus! Mas fique descansada, amor, não chore mais! Assim que o juiz voltar, seja a que hora for, o casamento se faz e é de qualquer jeito! E eu não quero ver esses dois nunca mais!

Lúcia avista Cancão e Gaspar, que vêm chegando, abraça Geraldo e leva-o para o lugar da cortina, cobrindo a falta da vista dos dois.

LÚCIA

Meu bem, são eles. Ah, você vem aí, Cancão. Veja, meu filho, como eles vêm contentes! E têm razão, conseguiram o que queriam!

CANCÃO

Como é?

LÚCIA

Geraldo já sabe tudo, pode falar sem medo. Vocês tiraram o juiz da cidade e tornaram nosso casamento impossível!

CANCÃO

(Inocente.) Ai, e o juiz saiu, foi?

LÚCIA

Pode tirar a máscara e deixar a hipocrisia de lado. Já se sabe tudo, a história das avaliações, sua mentira, tudo! Todos nós sabíamos que você é pobre, Cancão. Mas precisava fazer essa traição com Geraldo, que nunca lhe fez mal?

CANCÃO

Traição, eu?

LÚCIA

Sim, você! E por causa de dinheiro! Que coisa triste e feia!

CANCÃO

　　Mas espere, eu é que vim denunciar uma traição!

LÚCIA

　　Fale, minta, calunie, diga o que quiser! Geraldo já sabe que você estava combinado com o juiz para enganá-lo. Você não se deteve diante de nada, viu o dinheiro na frente e ficou cego!

GERALDO

　　É verdade isso, Cancão? Eu mal podia acreditar!

LÚCIA

　　É claro, confiante e bom como é! Mas isso é uma coisa que brada aos céus e a justiça de Deus pode tardar mas vem!

GERALDO

　　Como é? Você não diz nada?

CANCÃO

　　Que é que posso dizer?

GERALDO

　　A história da avaliação é verdade?

CANCÃO

　　É.

GERALDO

　　Você disse ao juiz que eu queria adiar o casamento?

CANCÃO

　　Disse.

GERALDO

E me disse que ele só faria o casamento se eu abrisse o inventário, não foi?

CANCÃO

Foi.

GERALDO

E por que tudo isso?

CANCÃO

Para evitar que esse bando de vigaristas tomasse o que é seu! Para evitar seu casamento com essa desgraça que está aí!

LÚCIA

Ai, Geraldo, meu amor, eu não lhe disse?

CANCÃO

Veja esse choro: não há quem diga que é de propósito. Mas essa mulher é a praga pior que já pisou em Taperoá. Não pense que eu sou idiota não, Dona Lúcia! Eu saí, mas deixei Gaspar escondido aqui e ele ouviu tudo!

GASPAR

Ela é amante desse primo que veio com ela do Recife. Eu ouvi.

LÚCIA

Você ouviu?

GASPAR

Ouvi. Os latidos, a história do cachorro, a cachorrada toda!

GERALDO

Que história absurda é essa?

GASPAR

Eu não entendi direito não, Geraldo, só ouvia era os latidos e ela dizendo: "Fico toda arrepiada!"

CANCÃO

Você olhe que Gaspar foi casado três vezes. Pois mesmo assim nunca tinha ouvido falar nas coisas que ouviu, escondido aqui.

LÚCIA

Mas escondido onde?

CANCÃO

Aqui, atrás da cortina. *(Boquiaberto.)* Onde está a cortina?

LÚCIA

Eu é que pergunto: como é que Gaspar ouviu isso por trás de uma cortina que não existe?

CANCÃO

Mas Geraldo, tinha cortina!

GERALDO

Não quero ouvir mais nada, não sou idiota não! Nunca ouvi tanta mentira em minha vida! Vou sair, para que vocês saiam de minha casa! Não quero vê-los nunca mais! *(Sai.)*

Entra SUSANA, como quem estava ouvindo.

LÚCIA

> E assim, meu caro Cancão, sua manobra falhou. Amanhã, se tiver coragem, venha assistir a meu casamento. Ao civil, pois quando esse tal de Frei Roque chegar, vou convencer Geraldo a se casar ainda hoje no religioso, para me garantir. Aprenda e nunca mais se meta para o meu lado, porque eu sou mais astuciosa do que você.

CANCÃO

> Que é que se pode fazer? Assim é a vida, Dona Lúcia.

LÚCIA

> E tudo isso sem necessidade! Comigo, você só teria a ganhar, eu estava achando você tão simpático!

CANCÃO

> A simpatia era mútua, Dona Lúcia.

LÚCIA

> Você simpatizou comigo?

CANCÃO

> Muito, desde que a senhora chegou.

SUSANA

> Então só tendo sido coisa feita, porque eu também, assim que cheguei, simpatizei logo com Gaspar.

GASPAR

> Pronto!

Lúcia

E você jogar fora essa oportunidade! Geraldo, do jeito que é, não desconfiaria de nada. E tudo ficaria tão animado, não era?

Cancão

(Fascinado, a despeito de si.) Era!

Lúcia

Digo isso com inteira convicção, porque desde que cheguei que vi os olhos que você botava para minhas pernas.

Cancão

Eu?

Lúcia

Ih, como ele ficou envergonhado! Tão puro! Não precisa ter vergonha nenhuma, Cancão, é natural isso. Nos lugares mais adiantados ninguém liga, não é, mamãe?

Susana

(Fascinando Gaspar.) Claro, claro!

Lúcia

Você não olhou? Me diga mesmo! Pode olhar, isso é assim mesmo!

Cancão

(Num apelo e num aviso.) Geraldo, Geraldo!

Lúcia

Quer saber do que mais, Cancão? Aproveite! Com Roberto aqui e com este sangue que eu tenho, Geraldo vai passar por isso de qualquer maneira! Assim, aproveite, que sua vez é essa!

CANCÃO

Geraldo!

LÚCIA

(Abraçando CANCÃO.) Ai, meu Deus, uma cobra!

SUSANA

(Abraçando GASPAR.) Ai, Gaspar, me acuda!

CANCÃO

(Absorto.) A cobra?

GASPAR

Ah, sim, a cobra!

CANCÃO

Que é que tem a cobra?

LÚCIA

Uma cobra ali! Ai, Cancão, tenho horror a cobra!

CANCÃO

Ah, sim, a cobra!

LÚCIA

Não é uma cobra não, mamãe? Parece que não. Meu Deus, pensei que fosse! Que coisa horrível, meu coração está batendo que é uma coisa horrorosa! Veja!

CANCÃO

A cobra?

LÚCIA

> Não, meu coração! Não fico mais aqui de jeito nenhum, vou para meu quarto. Você me acompanha, Canção? Não tenho mais coragem de ficar só naquele quarto escuro, horroroso. Venha comigo. Você vem?

CANÇÃO

> Vou. *(Num último apelo, enquanto se atira no abismo.)* Geraldo!

Entram no quarto. Clarão de retrato. ROBERTO entra, muda a lâmpada e o filme, sem que GASPAR o veja, e desaparece no outro quarto.

SUSANA

> Coitada de minha filha, ficou tão nervosa!

GASPAR

> Isso passa, isso passa, Dona Susana!

SUSANA

> E nós? Pau seco não dá embira, nem corda velha dá nó?

GASPAR

> Ai, coisa triste no mundo é ficar na cama só!

SUSANA

> *(Abraçando-o.)* Não é possível, você ainda se lembra. É o amor! Meu Gaspar!

GASPAR

>Dona Susana, quais são suas intenções? Olhe que eu já fui casado três vezes!

SUSANA

>O que se perde no tempo ganha-se na experiência.

GASPAR

>Menino, é a finada velhaca todinha!

SUSANA

>A essas horas seu amigo deve estar acalmando Lúcia. Que é que você está esperando?

GASPAR

>Dona Susana, mostre o caminho, que por onde a senhora for, eu vou.

Segue SUSANA como uma virgem de tragédia. ROBERTO aparece diante do público e tira o retrato, com clarão e tudo. Entra LÚCIA, logo seguida de CANCÃO.

LÚCIA

>Muito bem, Roberto, você foi um amor. Prezado Cancão, quero lhe comunicar que você agora está em minhas mãos. Roberto fotografou a cena que você teve a gentileza de proporcionar. *(Entram GASPAR e SUSANA.)* Seu querido amigo, aqui presente, foi também devidamente fotografado. Qualquer tentativa de impedir o casamento, eu mostro o retrato a Geraldo.

CANCÃO

(Novamente espantado pelo gênio de Lúcia.) Essa mulher é o cão!

LÚCIA

Obrigada!

CANCÃO

Mas tem uma coisa, Geraldo não vai gostar nada de ver a noiva dele fazendo o que a senhora fez.

LÚCIA

No começo eu não fiz um esboço de reação?

CANCÃO

Fez.

GASPAR

Dona Susana fez o mesmo comigo.

LÚCIA

Foi essa parte que Roberto fotografou: "Duas mulheres indefesas resistindo aos assaltantes de sua honra!" A outra parte ficou entre nós. Mamãe, como se foi?

SUSANA

Para falar a verdade, vocês não deram tempo, tive que ficar na reação.

LÚCIA

Que espírito de sacrifício, poucas mães teriam tanto! Você vem comigo?

ROBERTO

Vou.

LÚCIA

Então, adeusinho. E sejam felizes. *(Sai com ROBERTO.)*

SUSANA

Gaspar, lamento. Mas nós vimos você na cortina: você tremeu um pouco e isso descobriu o jogo de vocês.

CANCÃO

Eu sabia que você tinha feito alguma besteira!

SUSANA

Agora, além do mais, essa pressa. Lamento, Gaspar, lamento muito!

GASPAR

Eu mais ainda, Dona Susana!

SUSANA

Mas nestas circunstâncias, você compreende, nós não podemos facilitar. Enfim... Até loguinho! *(Sai.)*

CANCÃO

Então?

GASPAR

Então o quê? O sabido não é você?

CANCÃO

Mas você tremer numa hora dessa, homem?

GASPAR

E você não sabia que eu era frouxo? Por que me botou no fogo? Eu nunca contei vantagem, o valente é você!

Mas quando chega o aperto, corre, quem fica de vigia sou eu! Eu que fique atrás da cortina, eu que leve as lapadas...

CANCÃO

É verdade, desculpe, companheiro. Quantas lapadas levou?

GASPAR

Sei lá, bem oito!

CANCÃO

Não se incomode não, vamos devolver uma por uma.

GASPAR

Você não se dá por vencido, não?

CANCÃO

De jeito nenhum!

GASPAR

E os retratos?

CANCÃO

Essa mulher é o cão, mas se você promete me ajudar...

GASPAR

Eu não prometo nada.

CANCÃO

Você vai abandonar Geraldo nas garras dessa peste?

GASPAR

Ele não me botou pra fora de casa?

CANCÃO

>Você precisa levar em conta que com essa mulher não há quem possa!

GASPAR

>Homem, a tirar pela mãe, é mesmo. Que é que você vai fazer?

CANCÃO

>Vou ver se tenho uma conversa com Frei Roque, pra dar um jeito no casamento religioso de Geraldo.

GASPAR

>Rapaz, Frei Roque é um santo, mas é duro que Ave Maria! É preciso cuidado, Cancão, a gente vai topar Frei Roque e minhas três mulheres de uma vez só.

CANCÃO

>Por que você diz isso?

GASPAR

>Porque a filha eu não sei, quem foi com ela foi você. Mas a velha, pelo menos até onde eu pude ir, é uma mistura da finada safada, da finada velhaca e da finada cachorra da molest'a. *(Saem.)*

FIM DO PRIMEIRO ATO.

Segundo Ato

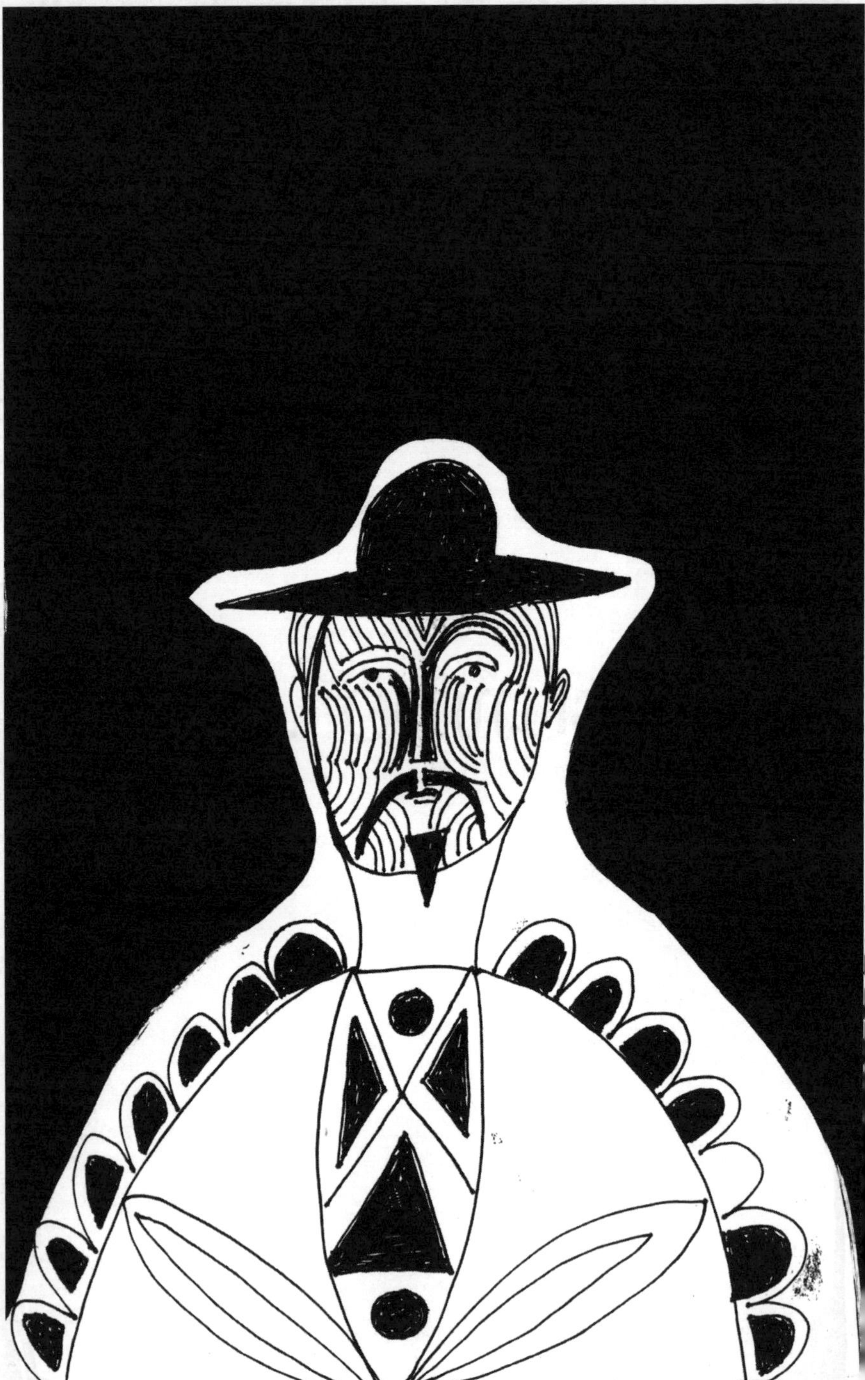

A mesma sala do primeiro ato. Entram CANCÃO, GASPAR e FREI ROQUE. Este fala com pronunciado sotaque estrangeiro.

CANCÃO

Quer dizer então que São Francisco era ali na exata, não era, Frei Roque?

FREI ROQUE

São Francisco foi o santo mais na exata da Igreja Católica. Mas onde está Geraldo, que você ainda não disse?

CANCÃO

Mas era homem virtuoso mesmo?

FREI ROQUE

São Francisco foi o homem mais virtuoso da Europa.

CANCÃO

Era caridoso? Dava muita esmola?

FREI ROQUE

Ah, num dia só dava mais esmola do que a Europa toda em dez anos.

CANCÃO

Mas era homem de coragem?

FREI ROQUE

De coragem?

CANCÃO

Sim, era homem valente?

Frei Roque

São Francisco foi o santo mais valente da Igreja Católica.

Cancão

Mas era homem para quebrar a cara dum?

Frei Roque

Cancão, São Francisco era homem para o que desse e viesse!

Cancão

Como é que o senhor sabe?

Frei Roque

E como é que você não sabe?

Cancão

Eu não acredito nessas coragens escondidas não, sabe, Frei Roque? Se ele tivesse sido macho mesmo, a gente terminava sabendo. Pelo menos uma cara ele teria quebrado.

Frei Roque

Ó Cancão, sabe do que mais? É capaz dele ter quebrado!

Cancão

Frei Roque!

Frei Roque

Eu não tenho certeza não, mas antes de ser santo é capaz dele ter quebrado aí a cara de algum safado.

CANCÃO

    Ai, e ele não foi santo logo não?

FREI ROQUE

    São Francisco? São Francisco foi o maior desordeiro da Europa. E é bem possível que nesse meio algum desordeiro tenha se metido a besta para São Francisco e São Francisco pegava o cabra assim pela gola e dizia: "Desordeiro, você agora vai ver quem é São Francisco!" *(Agarra GASPAR e vai demonstrando com ele.)* E metia-lhe a tapa na cara! Abria a mão assim e lapo!

GASPAR

    Ai, Frei Roque!

FREI ROQUE

    Pegava o sujeito assim, fechava a mão lá dele e lapo.

GASPAR

    Ai, Frei Roque! Assim eu morro!

FREI ROQUE

    Está aí, viu? Isso é pra não se meter a besta e não querer desmoralizar os santos da Igreja Católica!

GASPAR

    Mas o que foi que eu fiz, pelo amor de Deus?

FREI ROQUE

    Oh, Gaspar, como é que vai? Você estava aí, meu filho? Como vai?

GASPAR

    (De mau humor.) Bem. Está com a gota-serena, é?

CANCÃO

    Ó Frei Roque! E dedicado? São Francisco era muito?

FREI ROQUE

    São Francisco foi o santo mais dedicado da Igreja Católica.

CANCÃO

    Confessou muito? Deu muita extrema-unção?

FREI ROQUE

    Com aquela atividade dele, deve ter dado mais extrema-unção do que todos os outros santos da Europa, juntos.

CANCÃO

    Acho que São Francisco era incapaz de se recusar a atender um chamado para dar extrema-unção.

FREI ROQUE

    Também acho, Cancão. Podia ser longe como fosse, São Francisco ia.

CANCÃO

    De carro?

FREI ROQUE

    E tinha carro naquele tempo? Ele ia era a cavalo. E lhe digo mais: São Francisco gostava tanto de fazer sacrifício que era capaz de ir a pé. Mas que interesse por São Francisco é esse de repente? Foi me esperar

na chegada, haja pergunta, não me deixa procurar
Geraldo... Que é que há?

CANCÃO

Eu fui esperar o senhor a mando desse Roberto Flávio
que veio com a noiva de Geraldo. É para dar uma
extrema-unção, Frei Roque.

FREI ROQUE

Mas agora, Cancão?

CANCÃO

Assim ele mandou dizer.

FREI ROQUE

E onde é?

CANCÃO

Daqui a cinco léguas, perto do Pico.

FREI ROQUE

Nossa Senhora, no Pico, Cancão? Mas eu cheguei de
Campina agora, são mais de vinte léguas!

CANCÃO

Foi o que eu disse. Mas Roberto Flávio fez questão de
transmitir o chamado. Fiquei até espantado, porque
parece que ele não liga nada à religião.

FREI ROQUE

Está-se vendo, um miserável desse! E onde está o carro?

CANCÃO

Frei Roque, o carro de Herotides foi levar o juiz para
uma diligência.

FREI ROQUE

    E como é que eu vou?

CANÇÃO

    Foi o que eu disse, mas Roberto Flávio aconselhou o rapaz a alugar um cavalo para o senhor.

FREI ROQUE

    Mas minha Nossa Senhora, cinco léguas a cavalo, na boca da noite, depois de vinte no ônibus de Salustino?

CANÇÃO

    Eu disse que era absurdo, mas Roberto Flávio garantiu que isso não era nada para um filho de São Francisco.

FREI ROQUE

    Não é nada! Não vê que quem vai é pobre de Frei Roque?

CANÇÃO

    Quer dizer que o senhor não vai não? Acho que não vale a pena mesmo não, um defunto safado, desse de pé-de-serra...

FREI ROQUE

    Ah, Cancão miserável, falando da defuntência dos outros mais pobres do que ele! Pois agora eu vou, sabe? Mas vou da raiva em que estou, está ouvindo? Onde está o cavalo? Pelo menos essa desgraça presta?

CANÇÃO

    É Pelo-Fino, Frei Roque.

FREI ROQUE

Pelo-Fino? Não diga, Cancão! Sabe que essa extrema-unção vai ser até animadinha? Só estou com pena por causa do pobre do defunto.

CANCÃO

É mesmo, a morte é tão ruim, não é, Frei Roque?

FREI ROQUE

Sei não, Cancão, eu nunca morri... A morte pode ser ruim mas a galopadinha vai ser boa. Você sabe quem é o defunto?

CANCÃO

É Severino Emiliano, Frei Roque. Seus paramentos estão aqui.

FREI ROQUE

Então me dê, obrigado. E com a vontade que eu estou de dar uma galopada, Pelo-Fino que se aguente. Adeus, Gaspar. Adeus, Cancão.

CANCÃO

Até logo, Frei Roque, Deus o leve. *(Sai FREI ROQUE.)* Só um santo mesmo! Cinco léguas a cavalo numa hora dessa! É um santo!

GASPAR

É, mas quando esse santo descobrir a mentira! Por que você inventou essa confusão toda?

CANÇÃO

> Com a história do suplente, o casamento civil de Geraldo pode se fazer. Mas com Frei Roque fora, quero ver como é que essa mulher casa com ele no religioso.

GASPAR

> Nossa Senhora! Cancão, você vai se meter no inferno! E termina me levando também! Agora, ainda por cima, Dona Guida vai ficar contra nós.

CANÇÃO

> Nada! Você trouxe o alicate que eu pedi?

GASPAR

> Trouxe. Você vai arrancar os dentes de Dona Guida, é?

CANÇÃO

> Ainda mais essa, esse Gaspar tem cada uma! Arrancar os dentes de Dona Guida, pra quê?

GASPAR

> Na dor, ela se distraía por ali e deixava a gente de lado.

CANÇÃO

> E como é que eu ia convencer Dona Guida a arrancar os dentes?

GASPAR

> É mesmo. O que é que você vai fazer?

CANÇÃO

> Vou cortar o fio da luz aqui. Já está escurecendo e daqui que descubram onde é o defeito, tenho

ambiente para fazer o que quero. Deixe tudo a meu cuidado.

Corta o fio; a luz baixa. Os dois se retiram a um canto. Entram LÚCIA, SUSANA e ROBERTO, com um candeeiro.

LÚCIA

A luz está no fim, que foi? Quem está aí? Quem é?

CANCÃO

É Cancão, Dona Lúcia, Cancão e Gaspar.

LÚCIA

Se Geraldo encontrar vocês... Vieram impedir o casamento de novo? Você não conseguirá nada. O frade chegou: eu convenci Geraldo a casar no religioso ainda hoje e o civil será amanhã, quando o juiz chegar.

CANCÃO

Dona Lúcia, Frei Roque chegou mas saiu da cidade para fazer uma extrema-unção.

SUSANA

Miserável! Foi você!

CANCÃO

Eu vim propor um negócio: com o retrato, o casamento de Geraldo é coisa resolvida. Assim, quero ver se pelo menos volto a ser avaliador, porque Geraldo me demitiu. Só quem sabe onde está Frei Roque a essa hora sou eu. Mas é um lugar perto da cidade. Se entrarmos num acordo, eu faço o casamento ainda hoje, tanto o civil como o religioso.

LÚCIA

Como, se o juiz também saiu?

CANCÃO

Só digo se a senhora arranjar a avaliação e minha reconciliação com Geraldo.

LÚCIA

Estou com medo de seus negócios, Cancão.

CANCÃO

Com o retrato, não há nada a temer.

LÚCIA

Vocês o que é que acham?

ROBERTO

Sou pelo acordo. O dinheiro está no fim e, se o casamento for feito hoje, estamos garantidos.

LÚCIA

Pois venha de lá esse acordo. Como é que se faz o casamento civil?

CANCÃO

Com o suplente do juiz, Fragoso.

LÚCIA

E existe isso aqui?

CANCÃO

>Existe. Está meio adoentado, levou uma queda de cavalo e está com o rosto enfaixado, mas se a gente der dinheiro a ele, vem.

LÚCIA

>Eu quero uma garantia, Cancão.

CANCÃO

>A garantia será dada por eles, Frei Roque e o suplente. A senhora me reconcilia com Geraldo?

LÚCIA

>Reconcilio, mas a avaliação eu só arranjo depois do casamento. Com você eu não facilito mais. E tem uma coisa: os retratos estão aqui.

CANCÃO

>É o primeiro retrato que tiro na vida. Eu fiquei até bem. Gaspar é que é feio que só a peste! Ave Maria, parece um cavalo. Está bem, Dona Lúcia, estamos entendidos. Gaspar, vá buscar o suplente. *(Sai GASPAR.)* O juiz fica indignado quando o suplente Fragoso faz casamento na ausência dele, por causa das custas. Mas eu disse que Dona Lúcia pagaria as custas no dobro, uma para o suplente, outra para o juiz. Com o casamento civil feito, vou buscar Frei Roque.

LÚCIA

> O frade não interessa. Mas como Geraldo faz questão, vou me submeter àquela encenação. Saia, ele vem aí, vou preparar o terreno.

CANCÃO

> Prefiro ficar, quero ouvir o que a senhora diz.

LÚCIA

> Que homem desconfiado! Está certo, fique aí.
> *(A GERALDO, que vem entrando com DONA GUIDA.)*
> Geraldo, estou tão feliz! Você não pode imaginar o que aconteceu.

GERALDO

> Que há?

LÚCIA

> Cancão está arrependido do que fez conosco e veio se desculpar.

GERALDO

> Não, minha filha, não quero ver Cancão nunca mais. Trair-me daquela maneira!

LÚCIA

> Você deve levar em conta a situação em que seus amigos vivem, meu filho. Quem vive como eles não pode ter os padrões morais de nossa classe.

GERALDO

> E além de tudo o atrevimento de estar olhando para você como ele fez!

LÚCIA

> Meu filho, o pobre me explicou tudo, a culpa foi minha. Ele não estava habituado a ver gente vestida assim e ficou olhando. Eu, que não esperava isso, fiquei pensando que era má intenção. Coitado, ele ficou tão agoniado!

GERALDO

> É verdade?

LÚCIA

> O que acontece é que eu sou muito zelosa nessas questões e às vezes me excedo um pouco. Fiquei de coração apertado por ter causado essa separação entre você e seus amigos. E ele nos fez um favor tão grande para mostrar seu arrependimento...

GERALDO

> Que foi?

LÚCIA

> Frei Roque já chegou. Sabendo disso, Cancão foi procurar o suplente do juiz.

GERALDO

> Fragoso! Mas ele está de cama.

LÚCIA

> Ele prometeu que vinha. Eu acho esse casamento assim dividido tão sem jeito... Tudo podia se resolver ainda hoje, o civil e o religioso, dependendo, é claro, de você e de Tia Guida.

GERALDO

    E onde está Cancão?

CANCÃO

    (Avançando.) Aqui, Geraldo.

DONA GUIDA

    Que é isso? O que é que estão combinando desde hoje?

CANCÃO

    Dona Guida, não se zangue comigo não.

DONA GUIDA

    Ouvi dizer que você estava combinando com aquele ladrão para roubar Geraldo, é verdade?

CANCÃO

    É, Dona Guida.

DONA GUIDA

    Nunca eu poderia acreditar, se outro me dissesse. E o que é que você está combinando aí, ladrão?

CANCÃO

    Pronto, entrei nas brincadeiras do juiz! *(Alto, a DONA GUIDA.)* Estou aqui dizendo que arranjei o casamento de Geraldo ainda hoje.

DONA GUIDA

    De novo? Sem os banhos?

CANCÃO

    Fica tudo regularizado, Dona Guida. O suplente vem fazer o casamento.

Dona Guida

>Fragoso? Outro ladrão, igual ao juiz e a você. E descobri mais essa: você, além de ladrão, é safado!

Cancão

>Dona Guida sempre com brincadeira!

Dona Guida

>Brincadeira! Quem é a favor desse casamento é safado!

Geraldo

>Mamãe!

Lúcia

>Não, Geraldo, é melhor que você saiba logo. Ela me humilha assim porque eu sou pobre. Tia Guida pensa que o que eu quero é seu dinheiro.

Geraldo

>Ah, dinheiro amaldiçoado! Não está vendo que mamãe não ia pensar isso, meu amor?

Lúcia

>Não ia! Todos os atos dela indicam isso!

Dona Guida

>O que é que os meus atos indicam? Fale aí, cabrita malcriada!

Geraldo

>Mamãe, isso também é demais!

Dona Guida

>É demais? Pois vá. Faça seu casamento, aja como quiser, eu não estou me incomodando mais com

nada. Quando terminarem, avisem: eu quero sair de casa. Quando se arrepender, também, mande dizer. Porque aí eu quero voltar. *(Sai.)*

GERALDO

Mamãe...

LÚCIA

Meu Deus, como fui mal interpretada! Ela falou em arrependimento, em abandono... Quem sabe? Talvez fosse melhor nós acabarmos este casamento!

GERALDO

Mas meu bem!

LÚCIA

Ela suspeitará sempre de mim. Você prefere acabar?

GERALDO

Não, nunca! Mas isso de mamãe passa!

LÚCIA

Passará mesmo, Geraldo? Não sei. Mas, para evitar qualquer suspeita, nós nos casaremos com separação de bens.

GERALDO

Lúcia!

LÚCIA

Se você não aceita, prefiro romper!

GERALDO

Então está bem. Envergonho-me do que minha mãe fez! Mas se houvesse um jeito dela concordar...

CANCÃO

    Frei Roque concorda e Dona Guida assina em cruz tudo o que ele diz. Deixe por minha conta que eu ajeito isso, Geraldo.

GERALDO

    Agora sim, estou vendo de novo meu velho Cancão. Venha de lá esse abraço!

CANCÃO

    Vá dizer a Dona Guida a opinião de Frei Roque. Diga que o frade chega já para confirmar tudo. E venha, que Fragoso não tarda.

GERALDO

    Está bem. *(Sai.)*

CANCÃO

    Muito bem, Dona Lúcia, agora a avaliação.

LÚCIA

    Primeiro o casamento. Ruim foi essa separação de bens, mas era preciso impressionar o rapaz.

CANCÃO

    A gente dá um dinheirinho ao suplente e, no contrato, em vez de "separação de bens" ele bota "comunhão de bens".

SUSANA

    Mas quando se fizer a leitura, Geraldo notará.

CAJUCÃO

> Geraldo não presta atenção a nada, Dona Lúcia ajeita isso, com um daqueles abraços de cobra.

ROBERTO

> Mas quanto teremos que dar?

CAJUCÃO

> Mil, eu acho que dá.

LÚCIA

> Quanto ainda lhe resta, mamãe?

SUSANA

> Duzentos e cinquenta.

LÚCIA

> Roberto tem seiscentos que eu dei a ele. Você acha que dá?

CAJUCÃO

> Vamos ver, nessas coisas a Justiça não transige. E aí vem Fragoso, juiz de Direito na ausência do titular, substituto de tabelião, fanhoso, gago e comerciante de miudezas nas horas vagas.

Entra MANUEL GASPAR, vestido de toga e com o rosto inteiramente coberto de gaze e esparadrapo, de modo a que o público não o reconheça.

GASPAR

    Senhores, despachemo-nos. Vou proceder à leitura do contrato.

CANCÃO

    Um momento, Doutor Fragoso. Ali onde diz "sendo feito o casamento pelo regime etc.", nós queríamos que o senhor colocasse "pelo regime de comunhão de bens".

GASPAR

    Mas meu caro Cancão, isso é feito pelo noivo, na sua presença!

CANCÃO

    Doutor, a gente lhe dá oitocentos e cinquenta, pra isso.

GASPAR

    Mas oitocentos e cinquenta, Cancão? Está tudo tão caro!

CANCÃO

    O que se arranjou foi isso, Doutor. O mais que se pode fazer é eu mesmo entrar na cota.

GASPAR

    Ah, então faltava você! Quem não fala, Deus não ouve! Quanto significa isso?

CANCÃO

    Oitenta.

GASPAR

    Total?

LÚCIA

>Novecentos e trinta.

GASPAR

>Vá lá. É pouco, mas como são hóspedes não quero desmoralizar a hospitalidade sertaneja. Cancão, queira servir de escrevente e colocar a palavra em questão.

CANCÃO

>"Pelo regime... pelo regime... de comunhão de bens." Muito bem, agora só falta o noivo.

GASPAR

>Chamo sua atenção para a outra parte do acordo.

CANCÃO

>Que outra parte?

SUSANA

>Os novecentos.

GASPAR

>Os novecentos, não, os novecentos e trinta.

CANCÃO

>Ah, é verdade, que distração a minha! Bem, o resto fica a cargo de vocês.

GASPAR

>*(Não se dominando.)* Cancão, eu gostaria tanto que você ficasse!

CANCÃO

>Não é possível que eu faça um casamento melhor do que um juiz!

ROBERTO

>Você não fica?

CANCÃO

>Vou buscar Frei Roque para ele convencer Dona Guida e fazer o religioso. Até já e felicidades. *(Sai.)*

LÚCIA

>Bem, se estamos nesse ponto, vá buscar o noivo, mamãe.

Sai SUSANA.

ROBERTO

>Chegou a hora. Tanto lutamos por isso, mas quando chega o momento... Você vai casar e me esquecer.

LÚCIA

>Que é isso? Está triste? Por você eu faço tudo! Vá me procurar hoje à noite!

ROBERTO

>Hoje, Lúcia?

LÚCIA

>Hoje, por que não? Acharei jeito de despachar aquele idiota.

ROBERTO

>Mas Lúcia, Geraldo pode desconfiar!

LÚCIA

>Aquilo é uma besta!

ROBERTO

    Está certo. Onde, então?

LÚCIA

    Aqui mesmo. Mando o marido para o quarto e venho. Está combinado?

ROBERTO

    Está.

*E*ntram SUSANA e GERALDO.

GASPAR

    As partes estão presentes?

GERALDO

    Estão.

GASPAR

    Então vamos ao ato. "Eu, João Pinto Barbosa de Carvalho Falcão, escrivão do registro civil de casamentos, em virtude da lei etc., etc... certifico que a flis"...

LÚCIA

    A flis?

GERALDO

    É "a folhas", Doutor Fragoso.

GASPAR

    Eu sei, eu sei. Não interrompam a suplência da autoridade. "Certifico que a folhas 144 verso, do livro

número 36, foi feito hoje o assento do matrimônio"...
Engraçado isso, assento do matrimônio. Não sabia
que matrimônio tinha assento não, mas como está no
livro, eu boto. "O assento do matrimônio de Geraldo
Queirós da Mota Vilar e"... E quem?

LÚCIA

Lúcia Renata Pereira da Silveira.

GASPAR

Lúcia Renata Pereira da Silveira. Engraçado, isso.

LÚCIA

Engraçado por quê?

GASPAR

É rimado, como verso. Mas se é assim, eu boto. "O
assento do matrimônio de Geraldo Queirós da Mota
Vilar e Lúcia Renata Pereira da Silveira, contraído"...
Está, pode ser exagero, mas que é engraçado é.
Contraído, casamento civil é feito febre tifo, contrai-
-se. Mas como está no livro, eu boto. "Contraído
perante etc., etc., e sendo feito o casamento pelo
regime de comunhão"...

LÚCIA

(Abraçando GERALDO.) Meu bem!

GERALDO

Que é?

LÚCIA

Estou tão emocionada!

Susana

> *(A Gaspar.)* O acordo, idiota!

Gaspar

> Hein? Ah, sim, foi a embalagem! Tudo está esclarecido. "Sendo feito o casamento pelo regime de separação de bens."

Geraldo

> Mas minha filha, você fez questão mesmo?

Susana

> Que desprendimento! É um anjo!

Gaspar

> Queiram assinar todos. Noivo... Noiva... Primeira testemunha... Segunda testemunha... Senhores, meus parabéns a todos. *(Abraça Geraldo e sai.)*

Lúcia

> E então? Que cara é essa? Não me beija, não me diz nada... Está triste com a coleira?

Geraldo

> Nada, mas você há de ter notado que minha mãe não veio.

Lúcia

> Cancão foi buscar Frei Roque e, com os conselhos dele, Tia Guida abranda. Olhe lá!

Entra Cancão, vindo do interior, empurrando a cadeira de Dona Guida, vestido como Frei Roque, com barbas postiças e imitando seu sotaque.

Dona Guida

> Quer dizer então que agora o senhor aderiu à safadeza?

Cancão

> Não, Dona Guida, mas é preciso encarar a realidade. O negócio já está feito. A moça veio, é uma moça boa, ficou na casa do noivo, o povo pode falar. É uma coisa que São Francisco não gosta, nem São Francisco nem a Igreja Católica.

Dona Guida

> E como é que você sabe que a moça é boa, Frei Roque?

Cancão

> Cancão não me contou a história do casamento com separação de bens?

Dona Guida

> Casamento com separação de bens? Que é isso?

Cancão

> Essa moça que é boa! Para ninguém pensar que era interesse dela, quis casar com separação de bens. Coisa muito bonita, São Francisco gosta e a Igreja Católica também!

Dona Guida

> Essa, eu só acredito vendo!

Geraldo

> Pois veja, mamãe! O livro está ali!

DONA GUIDA

    Não chamei você aqui! Frei Roque, leia o livro!

Aflição de LÚCIA, SUSANA e ROBERTO.

CANCÃO

    Pois não, é já!

LÚCIA

    (Chorando, para evitar a leitura.) Ah, Geraldo, até disso sua mãe desconfia!

CANCÃO

    Pobrezinha! Dona Guida, francamente! São Francisco não gosta disso de jeito nenhum. Francamente! Você viu o livro, Geraldo?

GERALDO

    Vi, Frei Roque, ouvi a leitura, tudo!

CANCÃO

    (Pegando o livro, mas sem ler.) Olhe aí, está aí.

DONA GUIDA

    Leu?

CANCÃO

    E então? Separação de bens, está vendo? Geraldo ouviu tudo! Moça muito boazinha, muito desprendida! São Francisco gosta muito disso!

DONA GUIDA

>Então eu estava enganada. Confesso que nunca esperei isso.

GERALDO

>E concorda com o casamento?

DONA GUIDA

>*(A Cancão.)* O senhor se responsabiliza?

CANCÃO

>Pois não, sem nenhuma dúvida. Por mim e por São Francisco.

DONA GUIDA

>Então vá lá!

GERALDO

>Graças a Deus! Lúcia, venha cá, mamãe vai nos abençoar. *(Ajoelham-se diante de DONA GUIDA.)*

DONA GUIDA

>*(De mau humor.)* Deus os abençoe.

CANCÃO

>Ótimo, ótimo, vamos ao casamento, o sacristão chegou. *(Entra GASPAR, vestido comumente.)* Gaspar, venha me ajudar. *(Entrega-lhe a corda, que trouxe na cintura, à guisa de cordão.)* Isso aqui é o cordão de São Francisco. Meu casamento é feito pela Igreja de São Francisco, tudo na lei dele. Quem é a primeira testemunha?

ROBERTO

    Eu.

CANCÃO

    Você fica aqui, perto do sacristão.

ROBERTO

    Pra quê?

CANCÃO

    Para tomar parte no rito. Comigo é tudo do jeito que São Francisco fazia.

ROBERTO

    Mas eu não sei fazer nada!

CANCÃO

    Você não precisa fazer nada, o sacristão Gaspar se encarrega de tudo.

GASPAR

    E para que é esse cordão, Frei Roque?

CANCÃO

    Você fica aqui e cada vez que disser "Amém", dá uma lapadinha nas costas dele.

ROBERTO

    Isso é ridículo!

CANCÃO

    A lapadinha é pequena!

ROBERTO

    Não me submeto de modo nenhum!

CANCÃO

    Então não se faz o casamento! *(Senta-se e cruza os braços.)* Ou se faz como São Francisco mandava, ou não se faz de jeito nenhum!

LÚCIA

    Roberto, é somente uma formalidade.

ROBERTO

    Então está certo. Mas isso demora?

CANCÃO

    Não, é já. "Oremus. Propitiare, Domine, bero-bero, bero-bero, bero-bero, dura lex sed lex, Geraldus et Lucia, per omnia saecula saeculorum."

GASPAR

    Amém.

Dá uma lapada em ROBERTO. O "bero-bero" é feito à vontade do ator, imitando um latim engrolado de sacristão, com pausas, suspiros, tudo disparado.

ROBERTO

    Ai!

GASPAR

    Eu dei devagar!

CANCÃO

> Deve ter pegado de mau jeito. "Geraldus et Lucia bero-bero, bero-bero, bero-bero, per omnia saecula saeculorum."

GASPAR

> Amém.

ROBERTO

> Olhe como dá, idiota!

GASPAR

> Que foi?

ROBERTO

> Eu não fico mais aqui de jeito nenhum!

CANCÃO

> Então não se faz o casamento! *(Senta-se de novo.)*

SUSANA

> Roberto, fique!

GERALDO

> Faça esse sacrifício por nós, companheiro. Frei Roque é cheio dessas coisas!

ROBERTO

> Está bem. Ainda demora?

CANCÃO

> É já. "Dominus vobiscum, bero-bero, bero-bero, bero-bero, Geraldus et Lucia per omnia saecula saeculorum."

GASPAR

    Amém.

CANCÃO

    (Disparado, para não dar tempo a queixas.) Bero-bero, bero-bero, errare humanum est.

GASPAR

    Amém.

CANCÃO

    Dominus vobiscum.

GASPAR

    Amém.

CANCÃO

    Dura lex sed lex.

GASPAR

    Amém.

CANCÃO

    Geraldus et Lucia per omnia saecula saeculorum.

GASPAR

    Amém, amém.

ROBERTO

    Ai! Eu...

CANCÃO

    Pronto, pronto! Terminou, estão casados.

DONA GUIDA

    Já?

Cancão

Já. Padre que não despacha depressa, nem sabe latim nem São Francisco gosta.

Dona Guida

E a prática? Casamento sem prática pra mim não vale.

Cancão

Não seja por isso, é já. Lúcia, Geraldo, sejam bonzinhos, tenham vergonha, pronto, São Francisco gosta, Deus também gosta, dá tudo certo. Até logo, sejam felizes.

Dona Guida

Pronto? É só isso?

Cancão

O resto é parapapá, eu não estou pra isso não! Vou buscar a bagagem que deixei no hotel de Dadá. Até amanhã. *(Sai.)*

Lúcia

Meu amor, estou tão emocionada...

Geraldo

Eu também, a cerimônia foi linda. Mamãe...

Dona Guida

Está certo, está certo. Felicidades, Deus os abençoe. Casaram, sejam felizes. E vamos à festa.

Susana

Guida, minha prima! Tão delicada! Você teve essa atenção com minha filha, amor?

DONA GUIDA

> Com sua filha, não, amor, com meu filho, viu? Vamos.

Saem GERALDO, LÚCIA, ROBERTO e DONA GUIDA.

SUSANA

> Gaspar, querido Gaspar! Estou tão emocionada!
> *(Abraça-o.)*

GASPAR

> Ai, ai, ai! Quais são suas intenções?

SUSANA

> Você não está comovido não? Que coração de pedra! Eu devia ficar zangada, principalmente porque estou vendo as suas muito bem. O que você quer é terminar aquilo que começou.

GASPAR

> Dona Susana, eu não disse nada.

SUSANA

> Ah, é assim? Além de maldoso, é hipocritazinho, hein? Pois, por castigo, eu concordo em terminar. Que acha?

GASPAR

> Dona Susana, a essa altura dos acontecimentos, eu me entrego à minha sorte.

SUSANA

> Vamos então aproveitar a escuridão. Quando todo mundo estiver deitado, venha cá. Eu deixarei a porta

da frente encostada, com a luz assim, ninguém verá nada. Está bem?

GASPAR

Está ótimo.

SUSANA

Então até lá, ingrato, coração de pedra, bandido que assaltou meu coração.

GASPAR

Até lá, safada, alma de serrote, ladrona que roubou minha solidão!

Sai SUSANA. CANCÃO entra, vestido normalmente.

CANCÃO

Então? Tudo em paz?

GASPAR

Tudo em paz, ninguém desconfiou de nada.

CANCÃO

E o latim, como saiu?

GASPAR

Passou perfeitamente. Mas quando Frei Roque chegar, minha Nossa Senhora! E eu, ainda por cima, me meti noutra enrascada, Cancão.

CANCÃO

Que foi, homem de Deus?

GASPAR

    Meti-me de novo com a velha e marquei um encontro com ela aqui. Ela vai deixar a porta aberta e eu venho.

CANCÃO

    Mas como foi isso, homem?

GASPAR

    Sei lá! Veio com um negócio de bandido, coração de pedra, não sei o que, quando eu vi estava pegado.

CANCÃO

    Pois quando você vier, eu venho também.

GASPAR

    Não senhor! Que é que você tem com isso?

CANCÃO

    É preciso abrir os olhos de Geraldo.

GASPAR

    Está certo. Mas uma coisa eu lhe digo: não me atrapalhe! Dessa vez, eu vejo até onde aquela mulher vai. E tem uma coisa: vou até o fim e é com retrato ou sem retrato! *(Saem.)*

FIM DO SEGUNDO ATO.

Terceiro Ato

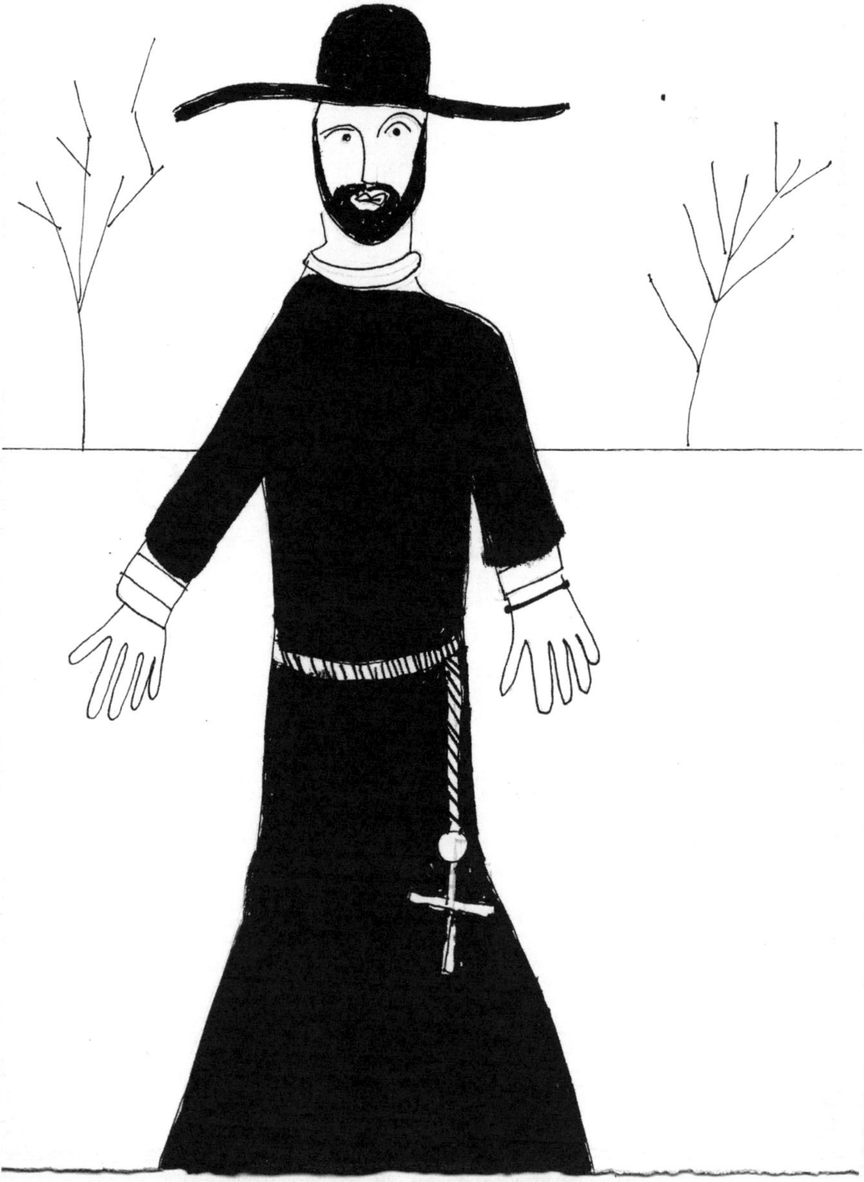

A mesma sala. Barulho de festa, fora. Ainda com a luz baixa: já anoiteceu completamente. Entram CANÇÃO, GASPAR *e* ROBERTO FLÁVIO.

CANÇÃO

> Você pode não ter ido com a cara dele, mas Frei Roque é um santo.

ROBERTO

> Pode ser santo como for. Aguentei tudo calado por causa de Lúcia e do casamento, mas agora quero que ele me venha com essa Igreja de São Francisco pra ver uma coisa!

CANÇÃO

> Para conquistá-lo o negócio é elogiar a Igreja de São Francisco. Ele diz sempre que existem duas Igrejas: uma é a católica, dos católicos comuns, como eu e você.

ROBERTO

> Como eu, não. Sou um espírito emancipado.

CANÇÃO

> Pois então como eu e Gaspar. Essa é a Igreja comum, dos católicos safados. A outra é a Igreja de São Francisco, a Igreja dos santos. Diz ele que somente esta é a que importa. Você devia ter arranjado para ele uma dessas cerimônias que a Igreja de São Francisco prestigia.

ROBERTO

    E que interesse eu tenho de agradar aquele idiota?

CANCÃO

    Ah, ele é prestigiadíssimo no Recife. É capelão das associações mais ricas de lá. Agrade Frei Roque e tudo quanto é gente importante do Recife fica louca por você.

ROBERTO

    É mesmo?

CANCÃO

    Por que você não arranja uma extrema-unção para ele? Os frades da Igreja de São Francisco têm uma verdadeira mania de dar extrema-unção, acham que não se deve esperar pela hora da morte para isso.

ROBERTO

    E onde é que eu vou arranjar um defunto a essa hora?

CANCÃO

    Aqui perto tem um rapaz que está com a passarinha meio estufada.

ROBERTO

    Quem é?

CANCÃO

    É um tal Severino Emiliano.

ROBERTO

    Então vou ver. Contanto que ele não me venha mais com as cerimônias da Igreja dele. *(Sai.)*

GASPAR

    Companheiro, socorro! Frei Roque vem ali e vem com a gota-serena!

CANCÃO

    Não é possível, Gaspar, não deu tempo!

GASPAR

    Tanto deu que ele vem! Ai!

Frei Roque entra como um furacão e agarra Cancão pela gola.

FREI ROQUE

    Ah, você está aqui! Cancão safado, Cancão mentiroso!

GASPAR

    A bênção, Frei Roque!

FREI ROQUE

    Deus o abençoe! Cancão, eu pensava que você prestava, mas descobri que você é um cancão muito safado. E você vai me pagar!

GASPAR

    A bênção, Frei Roque!

FREI ROQUE

    Deus o abençoe, Gaspar! Vai me pagar para aprender quem são os filhos de São Francisco. Prepare a tábua do queixo!

GASPAR

A bênção, Frei Roque!

FREI ROQUE

Deus o abençoe, Gaspar! Ora pinoia, já abençoei mais de cem vezes!

GASPAR

E bênção só se pode dar uma vez, é?

FREI ROQUE

Não, mas não quero que você interrompa minha raiva!

GASPAR

Ah, e o senhor está com raiva?

FREI ROQUE

Estou, você não está vendo?

CANCÃO

Mas por que isso tudo?

FREI ROQUE

Você ainda pergunta, bandido, miserável, canalha, assassino dos filhos de São Francisco! Encontrei Severino Emiliano na estrada, ele está com mais saúde do que eu!

CANCÃO

E o que é que eu tenho com isso? Eu só fiz transmitir o recado que Roberto Flávio lhe mandou.

FREI ROQUE

Roberto Flávio!

CANCÃO

    Bem que ele estava dizendo que ia fazer isso, mas eu nunca pensei que ele fosse capaz!

FREI ROQUE

    Capaz de quê?

CANCÃO

    De fazer uma perseguição dessa com os frades da Igreja Católica! Só porque ele pertence a outra igreja, acha-se com o direito de desrespeitar os frades da nossa!

FREI ROQUE

    E ele pertence a outra igreja, é?

CANCÃO

    Roberto Flávio faz parte de uma dessas igrejas que saem da Igreja Católica e ficam dizendo que ela é errada.

FREI ROQUE

    Um herege, logo vi! Perseguindo assim os frades! Qual é a igreja dele?

CANCÃO

    Diz ele que é a Igreja de São Francisco.

FREI ROQUE

    Tem graça! E a Igreja de São Francisco não é a Igreja Católica?

CANCÃO

    Diz ele que não. Roberto Flávio acha que São Francisco tinha verdadeiro horror à Igreja Católica!

Frei Roque

Vê-se logo a heresia desse bandido, desse mentiroso!

Cancão

Mas o que eu achei pior foi ele dizer: "Ah, Frei Roque diz que São Francisco era católico, é? Pois esse frade vai me pagar!"

Frei Roque

Ah, entendo! Aí arranjou essa extrema-unção para pobre de Frei Roque, não foi? Pois ele agora vai ver quem é pobre de Frei Roque!

Cancão

Diz ele que o maior prazer que tem na vida é desmoralizar frade.

Frei Roque

Ah, ele diz isso, é? Gosta de desmoralizar frade, é? Esse Roberto Flávio, astucioso e ruim desse jeito, só pode ser o cão ou o secretário dele!

Cancão

E quando ele começa a insultar a Igreja?

Frei Roque

E ele insulta a Igreja, Cancão?

Cancão

Ele disse aqui que a Igreja Católica era igreja de cabra safado!

Frei Roque

>Ah, ele diz isso, é? É igreja de cabra safado, é? Onde é que anda esse camarada, hein, Cancão?

>*Entra Roberto Flávio.*

Roberto

>Frei Roque, prazer em vê-lo. Estava louco para encontrá-lo, tenho uma extrema-unção para o senhor fazer.

Frei Roque

>Pode me dizer quem é o defunto?

Roberto

>É um rapaz chamado Severino Emiliano.

Frei Roque

>Severino Emiliano... *(Acordando.)* Ó rapaz, o que é que você acha da Igreja Católica?

Roberto

>Aquilo é lá igreja! Igreja é a de São Francisco!

Frei Roque

>Ah, e não é a mesma coisa não? A Igreja Católica não é a Igreja de São Francisco não?

Roberto

>De modo nenhum. Uma é a igreja dos católicos safados, a outra é a dos santos.

FREI ROQUE

Ah, sim! Pode fazer o favor de dizer o seu nome, pra eu ter certeza?

ROBERTO

Roberto Flávio, para servi-lo.

FREI ROQUE

Você vá servir ao diabo, viu? E tome! *(Dá um soco em ROBERTO e ele desmaia.)* Tome, para nunca mais dizer que a Igreja Católica é igreja de cabra safado, viu?

GASPAR

Danou-se! Vai dormir uma hora!

FREI ROQUE

Não tem nada não, depois acorda e pode servir de exemplo! Onde é o quarto dele?

GASPAR

Ali.

FREI ROQUE

Peguem o resto do herege e botem lá! Uma coisa eu garanto: insônia hoje ele não tem! *(Põem ROBERTO num quarto.)* Onde está Geraldo?

CANÇÃO

Geraldo está meio adoentado, Frei Roque. Acho melhor não falar com ele hoje.

FREI ROQUE

Eu não falar com Geraldo? Tinha graça! Vou de qualquer jeito!

CANCÃO

    Vá não, Frei Roque! Dona Guida também está doente!

FREI ROQUE

    Cancão, aqui há alguma coisa! Toda vez que eu quero me aproximar de Geraldo ou Dona Guida hoje, aparece uma história. Vou saber o que é isso!

CANCÃO

    Não! Por aí não, Frei Roque!

FREI ROQUE

    Por aqui não por quê?

CANCÃO

    (Munindo-se de um pau.) Olhe ali na janela que o senhor entenderá tudo!

FREI ROQUE

    Na janela? Não estou vendo nada!

CANCÃO

    Está não? Então, Deus me perdoe, mas é o jeito! *(Dá uma paulada em FREI ROQUE, que desmaia.)* Chegue aqui, Gaspar!

GASPAR

    Eu não! Pode ser que ele ainda esteja vivo!

CANCÃO

    Está, homem de Deus! Não está vendo que eu não ia matar Frei Roque?

GASPAR

    Pois se ele está vivo, aí é que eu não vou!

CANCÃO

Ora bolas, não tem perigo não! Vamos amordaçá-lo! Isto! Baixe o capuz para cobrir a cara dele. Isto! Agora, vamos trancá-lo! *(Põem FREI ROQUE amordaçado e amarrado dentro da mala ou guarda-roupa.)* Agora tudo vai bem. A velha prometeu deixar a porta aberta?

GASPAR

Prometeu. Mas não vá atrapalhar minha vida não!

CANCÃO

Dessa vez você vai, deixe comigo!

Entram DONA GUIDA, SUSANA, GERALDO e LÚCIA.

DONA GUIDA

Pronto, meu papel terminou. O quarto de vocês é aquele. Eu dormirei no de junto, Susana ali e o rapaz aqui. Amanhã, deixarei a casa.

GERALDO

Mas mamãe, a senhora fica morando conosco!

DONA GUIDA

Não, existem algumas coisas que é preciso enfrentar!

GERALDO

Tudo não foi feito como devia?

Dona Guida

Foi e Frei Roque garantiu tudo. Mas, mesmo assim, eu quero ir. Vou lhe dar a caderneta onde anoto as contas, tudo agora é seu. Fique com a maleta também.

Geraldo

Mas mamãe!

Susana

Receba, meu filho, sua mãe pode se ofender!

Dona Guida

Veja como esse anjo entende logo tudo! Assim é que se vive, meu filho. Tome e até amanhã.

Cancão

Nós também vamos saindo, Dona Guida.

Dona Guida

Adeus, ladrão. *(Sai.)*

Cancão

Dona Guida sempre com brincadeiras! Muito bem. Dona Lúcia, creio que me limpei completamente!

Lúcia

Minha gratidão será eterna!

Susana

Vocês não viram Roberto por aí não?

Cancão

Está dormindo! Disse que precisava descansar um pouco e foi para o quarto.

LÚCIA

    Ah!

GASPAR

    Eu também vou chegando! Boa noite a todos!

SUSANA

    A mim também?

GASPAR

    À senhora mais do que a todos! Boa noite! *(Saem CANCÃO e GASPAR.)*

SUSANA

    Bem, creio que nós também devemo-nos recolher. *(Falsamente emocionada.)* Meus filhos!

LÚCIA

    Lá vem mamãe com o chororô dela!

SUSANA

    Você logo saberá quanto sofre uma mãe! Mas não se incomodem, já tomei minhas providências para me consolar! Boa noite e... felicidades. *(Sai. GERALDO abraça LÚCIA.)*

GERALDO

    Meu amor!

LÚCIA

    Ah, é assim, hein? Mal fica comigo... Como são os homens! Enfim, eu o perdoo porque você me ama. Ou não?

GERALDO

    Mais do que a tudo, meu bem!

LÚCIA

> Então vá me esperar em nosso quarto. Estou contente, contentíssima! Mas ao mesmo tempo, como é dolorosa a separação!

GERALDO

> Estarei esperando por você!

Sai LÚCIA para o interior da casa. Ela deve levar consigo o candeeiro. A cena subsequente deve se passar em escuridão quase completa. O encenador não tenha medo de escuro, as silhuetas e as falas bastam para identificar os personagens e em simples penumbra esta cena funciona muito mal. GERALDO entra no quarto. Imediatamente entra SUSANA e destranca a porta da rua, voltando para o seu quarto. Entram CANCÃO e GASPAR, aquele novamente vestido de frade.

CANCÃO

> Gaspar!

GASPAR

> Hein!

CANCÃO

> Não estou vendo nada!

GASPAR

> Nem eu! Mas uma coisa eu sei: o quarto da velha é aquele.

CANCÃO

    O que deram a Geraldo foi esse, não foi?

GASPAR

    Foi, mas Geraldo não interessa!

CANCÃO

    Vamos verificar!

GASPAR

    Vamos, não, vá você! Eu preciso ir lá dentro.

CANCÃO

    Fazer o quê?

GASPAR

    Tomar uma fresquinha, aqui está muito quente.

CANCÃO

    Gaspar!

GASPAR

    Vá se danar, eu quero é a velha! *(Desaparece no interior da casa. CANCÃO bate no quarto de GERALDO.)*

CANCÃO

    Geraldo! Geraldo!

GERALDO

    (Abrindo a porta e abraçando-o.) Meu amor!

CANCÃO

    Epa, que negócio é esse? Vá pra lá!

GERALDO

    Ingrata, cruel! Você não se envergonha de me tratar assim?

Cajucão

    Era o que faltava!

Geraldo

    Que é isso? Você está de barba! Frei Roque! É o senhor?

Cajucão

    Claro! Pensava bem que era São Francisco!

Geraldo

    Peço que me desculpe, mas não podia nunca esperar o senhor agora! Que há?

Cajucão

    Fale baixo. Não diga nada, depois eu explico tudo. Venha para cá e se esconda aqui comigo. Aqui. Venha, homem!

Geraldo

    Mas Frei Roque, minha mulher...

Cajucão

    Sua mulher vem já. Abra os olhos e os ouvidos mas não diga nada, haja o que houver!

Escondem-se. Entra Susana.

Susana

    Gaspar! Gaspar! Onde está você, coração de pedra?

Gaspar

    (Voltando do interior.) Aqui, coração de aço! Agora pau dá embira e corda velha dá nó!

Susana

    Pois venha que eu não suporto ficar mais na cama só!

Gaspar

    Ah, a poesia! Nada como a poesia! *(Pausas e risos sufocados.)*

Susana

    Gaspar, Gaspar! Deixe de ser mauzinho, malvado!

Gaspar

    Malvada é você, tirana, bridão de meu peito, rabichola de meu coração!

Susana

    Vem gente, corra! Esconda-se, que eu já volto. *(Correm. Entra Lúcia.)*

Lúcia

    Roberto! Roberto!

Roberto

    Au, au, au!

Lúcia

    Ai, é meu cachorro! Onde está você, malvado?

Roberto

    Aqui. Au, au, au!

Lúcia

    Ai! Você está bem?

Roberto

    Um pouco tonto, não sei o que aconteceu. E seu marido?

LÚCIA

    A essa hora, já deve estar dormindo, aquele palhaço!

ROBERTO

    É palhaço, mas foi com ele que você casou.

LÚCIA

    Você sabe que tive meus motivos. Avalie se não arranjo esse idiota para financiar nós dois! Você ouviu um barulho?

ROBERTO

    Não.

LÚCIA

    Parece que alguém se mexeu num desses quartos horríveis! Saia, eu volto já! Cuidado, parece que vem gente! *(Correm. GASPAR entra, tateando.)*

GASPAR

    Amor, onde está você?

ROBERTO

    (Também voltando.) Amor, é você?

GASPAR

    Sou. Onde está você, coração de pedra?

ROBERTO

    Aqui. Que rouquidão é essa? Está gripada?

GASPAR

    Que gripado que nada! Você também está tão rouquinha, coração de lajedo!

ROBERTO

    Au, au, au!

GASPAR

    Ah, agora deu pra latir, hein? Deixe ver cá essa cachorra!

ROBERTO

    Ai, não me faça cócegas! Au, au, au!

GASPAR

    Menino, é direitinho a finada cachorra da molest'a!

Aqui CANCÃO liga o fio que tinha cortado e a cena se ilumina de repente. Os dois têm acabado de se beijar. Eles dão um enorme salto de surpresa.

ROBERTO e GASPAR

    Ai!

Acorrem todos, DONA GUIDA, SUSANA e LÚCIA. GERALDO, arrasado, sai do esconderijo, com CANCÃO.

CANCÃO

    Muito bem, senhor Roberto Flávio! Pode explicar por que beijou Gaspar?

GASPAR

    E eu sabia lá que era esse fantasma!

CANCÃO

>Cale a boca, ouviu, Gaspar? Você é um safado, vai ter que explicar tudo direitinho depois. Mas agora quero saber é o seguinte: quem vocês pensavam que estavam beijando? Responda, senhor Roberto!

No lugar em que estiver trancado, FREI ROQUE dá três pancadas furiosas e espaçadas, para chamar atenção. DONA GUIDA pensa que as batidas são na porta da rua.

DONA GUIDA

>Estão batendo. Quem é?

GASPAR

>*(À meia-voz, para disfarçar.)* Sou eu.

DONA GUIDA

>Pode entrar.

CANCÃO

>Como é, ninguém me responde? Quero saber que safadeza é essa! A mulher deixa o marido, os dois se beijam... Que é isso?

Novas pancadas de FREI ROQUE.

DONA GUIDA

>Quem é?

GASPAR

>Sou eu.

DONA GUIDA

>Pode entrar!

CANCÃO

>Preciso de uma resposta! São Francisco está muito desconfiado disso tudo! Fale, fale imediatamente!

ROBERTO

>Fale imediatamente o quê? O senhor pensa que eu ainda estou disposto a suportá-lo? Um frade idiota, safado, cheio de maluquices! Já estou cheio de sua batina, sabe? E pergunto por minha vez: o que é que um frade faz aqui, a essa hora, espionando a vida dos outros?

Novas pancadas de FREI ROQUE.

DONA GUIDA

>Ora bolas, quem é?

GASPAR

>Sou eu.

DONA GUIDA

>Não já disse que pode entrar? Entre logo e deixe Frei Roque brigar descansado!

SUSANA

>Mas por que tudo isso?

Cancão

    Por quê? Porque assumi a responsabilidade do casamento de Geraldo e ele agora está desgraçado!

Dona Guida

    Frei Roque, desgraçado está você, porque essa você me paga! Que foi que houve?

Cancão

    Sua nora marcou encontro aqui, com esse vigarista, e a mãe dela outro, com Gaspar.

Lúcia

    Ai, Geraldo, não deixe esse demônio me caluniar! Geraldo! Você não diz nada? Não posso acreditar que você desconfie de mim!

Geraldo

    Eu também jamais acreditaria nisso, se me dissessem!

Lúcia

    Mas você não está vendo que tudo isso é maluquice desse frade louco?

Geraldo

    Como, se eu mesmo ouvi tudo daqui? Basta, Lúcia, é melhor não falar mais nisso! Só me lembro é de pobre de Cancão! Com que dureza eu o tratei porque ele queria me ajudar!

Cancão

    Uma pessoa extraordinária daquela!

GERALDO

Ah, se eu o tivesse ouvido! Mas agora é tarde, casei-me no religioso e casei-me porque quis. Só posso esperar agora a vontade de Deus!

GASPAR

Que pelo jeito vem por aí!

A porta da mala abre-se com enorme violência e FREI ROQUE salta, furioso, para a sala. Ele vai investir contra alguém, mas para, estupefato, ao ver outro frade.

CANÇÃO

Ó, Frei Marcelo, como vai? Estava aí?

FREI ROQUE

Uh, uh, uh! *(Tenta contar por mímica a história da cacetada, anda por todos os cantos da sala, olha para baixo dos móveis à procura de CANÇÃO.)*

DONA GUIDA

Afinal de contas, quem é esse frade?

CANÇÃO

É Frei Marcelo, gente boa! São Francisco gosta muito dele!

FREI ROQUE

Uh, uh, uh!

DONA GUIDA

Parece que ele está tentando apontar a boca.

Cancão

   Usa essa mordaça como penitência! É uma pessoa muito piedosa, só gosta de viver amarrado, fazendo penitência! São Francisco gosta muito dele!

Frei Roque

   (Negando com a cabeça.) Uh, uh, uh!

Cancão

   Está vendo? É assim, só vive sem falar, é um frade muito virtuoso!

Dona Guida

   Pode ser virtuoso como for, diga a ele que vá embora. Tenho horror a esses frades que se trancam na mala da gente!

Frei Roque

   (Interrogando.) Uh, uh, uh? Uh, uh, uh?

Geraldo

   Parece que ele está perguntando por alguém.

Cancão

   Que nada, Frei Marcelo detesta procurar gente!

De repente Frei Roque avista Gaspar. Num repelão, consegue soltar as mãos e corre para ele, aberturando-o.

Gaspar

   (Ajoelhando-se.) Ai, pelo amor de Deus, Frei Roque, não fui eu não! Não dê em mim não, Frei Roque!

CANCÃO

    E quem está dizendo que eu vou dar em você?

FREI ROQUE

    Uh, uh, uh?

GASPAR

    Foi Cancão, Frei Roque!

FREI ROQUE

    E uh, uh, uh, uh?

GASPAR

    Onde está Cancão?

FREI ROQUE

    (Afirmando com a cabeça.) Uh! uh!

GASPAR

    (Ajoelhado, com a mão cobrindo o rosto, aponta CANCÃO.) Ali!

FREI ROQUE solta GASPAR, corre para CANCÃO, agarra-o e, na briga, arranca-lhe a barba.

GERALDO

    Cancão!

SUSANA

    (Desmaiando.) Ai!

FREI ROQUE aponta a mordaça, GERALDO tira-a e baixa o capuz.

GERALDO

　　Frei Roque!

CANCÃO

　　(Fingindo desmaio.) Ai!

FREI ROQUE

　　(Sufocado de raiva.) Bandido, miserável, assassino da Igreja Católica e dos filhos de São Francisco, peste, diabo, danado, agora você me paga!

GERALDO

　　Calma, calma, Frei Roque!

FREI ROQUE

　　(Aos gritos.) Eu estou calmo! Eu estou calmo!

DONA GUIDA

　　E por que essa raiva toda de Cancão?

FREI ROQUE

　　A senhora acha pouco, Dona Guida? Esse miserável me deu uma cacetada e me trancou na mala! Só para evitar que eu visse Geraldo depois que cheguei de Campina!

GERALDO

　　E o senhor não me viu?

FREI ROQUE

　　Eu? E esse peste deixou? Mas ele está acordando e vai ver quem é Frei Roque!

CANCÃO

　　(Fingindo desmaio de novo.) Ai!

GERALDO

    Frei Roque, o senhor me desculpe, mas o senhor esteve comigo hoje.

FREI ROQUE

    Eu?

GERALDO

    Sim, e até fez meu casamento!

FREI ROQUE

    Ai, e você casou, Geraldo? Meus parabéns, meu filho! Que coisa!

GERALDO

    O senhor tem certeza de que não me casou?

FREI ROQUE

    Certeza absoluta.

GERALDO

    Mas então quem me casou?

CANCÃO

    Eu! *(Dá um grande salto e corre das garras de FREI ROQUE.)* Frei Roque, peço-lhe uma trégua! Deixe eu falar e depois faça o que quiser!

FREI ROQUE

    E eu tenho trégua para um safado que pega Frei Roque e dá uma cacetada na cabeça dele?

CANCÃO

    O senhor vai me perdoar mas foi o jeito!

FREI ROQUE

>Foi o jeito o quê? Que terra é essa em que os condenados pegam os filhos de São Francisco e metem o pau na cabeça deles?

CANCÃO

>Eu precisava salvar Geraldo! Essa peste aí ia casar com ele no religioso e eu tive que impedir que a Igreja Católica se complicasse nessa bandalheira!

LÚCIA

>Não venha envolver a Igreja com suas molecagens não, viu, moleque ordinário?

FREI ROQUE

>*(Investindo de bucho nela.)* Cale a boca, viu, mocinha? Minhas brigas são minhas, de São Francisco e da Igreja, ninguém mais se mete nelas, está ouvindo?

LÚCIA

>O quê?

FREI ROQUE

>O que o quê? Eu ouvi a molecagem toda dali da mala, viu? A safadeza de Cancão, a cacetada etc., é outra coisa, mas Geraldo livrou-se de boa, está ouvindo?

DONA GUIDA

>Mas afinal de contas, que confusão é esta?

GERALDO

>Foi Cancão que deu uma cacetada na cabeça de Frei Roque e trancou-o na mala, mamãe.

DONA GUIDA

>Boa, Cancão, bem feito! É pouco, pra ele não estar dando conselho errado sobre o casamento de meu filho!

GERALDO

>Mas não foi Frei Roque não, mamãe, foi Cancão. Foi Cancão quem fez o casamento... que agora... Que agora não vale! Mamãe, o casamento não vale não, mamãe!

LÚCIA

>O casamento religioso! Mas o civil vale, viu? E se é assim, filhinho, vamos cuidar do desquite. Metade do que seu pai deixou agora é meu.

GERALDO

>A perda do dinheiro não interessa, seria um belo prêmio para você, que só pensa nisso. Mas diante do que vi, faço questão de tirá-lo e lembro a você que nós casamos pelo regime de separação de bens.

LÚCIA

>Aí é que você se engana, amor! Com ajuda de Cancão, subornei o suplente Fragoso e ele colocou no livro "comunhão", em vez de "separação".

DONA GUIDA

>Cancão safado!

CANCÃO

>Um momento, aí vem o suplente, rebocado. Com ele aqui, tudo se explica!

Volta GASPAR, vestido novamente como FRAGOSO, arrastado pelo pescoço pelo juiz NUNES.

NUNES

> Meu caro Geraldo, aqui está esse criminoso, ele confessou o casamento que fez. Foi me esperar na chegada e me contou tudo. Esse casamento foi realizado sem minha ordem, ele não tinha direito de receber as custas!

LÚCIA

> Mas o casamento feito por ele vale!

NUNES

> Vale! Estou aqui somente para receber minha parte e dizer que não tomei parte na conspiração para casá-lo. Agora, quero saber: quem paga minhas custas? Você?

GERALDO

> Eu não!

NUNES

> Então eu vou ficar sem minhas custas? Todo acordo comigo, menos esse, as custas do juiz são sagradas! E você, ladrão, me assassinar desse jeito pelas costas! Mas você me paga! *(Agarra GASPAR.)*

GASPAR

> Doutor Nunes, eu sou um homem doente!

Nunes

> Eu quero é que você morra, desgraçado! Tome, tome! *(Caem as faixas.)*

Geraldo

> Gaspar!

Susana

> *(Desmaiando.)* Ai!

Geraldo

> Foi você quem me casou?

Gaspar

> Foi.

Lúcia

> *(Desmaiando.)* Ai!

Geraldo

> E esse casamento assim vale, seu juiz?

Nunes

> Não, não e não!

Roberto

> *(Desmaiando.)* Ai!

Frei Roque

> Para! Para, para tudo! Começa a explicar tudo de novo, que eu não estou entendendo mais nada! Que confusão é essa?

Dona Guida

> Como foi que vocês descobriram o negócio do encontro?

GASPAR

> Eu ouvi os dois combinando, quando estava aqui, vestido de juiz. Contei a Cancão e a gente veio.

GERALDO

> Cancão, meu velho! Que devo fazer para você me perdoar?

CANCÃO

> Me arranje aí sessenta paus. Isto. Dona Susana, aqui é o dinheiro da passagem de vocês. O caminhão de Joca Mota sai já pra Campina e, sem dinheiro, quanto mais cedo chegarem ao Recife, melhor!

SUSANA

> *(Digna.)* Onde é que passa o caminhão?

CANCÃO

> Na ponte! Senhor Roberto, aqui estão seus vinte. Dona Lúcia, aqui estão os seus.

LÚCIA

> Eu recebo! Mas um dia você me paga! Nós ainda nos encontraremos!

CANCÃO

> Espero que seja junto de alguma cobra!

LÚCIA

> Roberto!

ROBERTO

> Que é?

LÚCIA

>Você não sai comigo?

ROBERTO

>Ah, vá se danar! Eu lhe disse que só interessava com o dinheiro!

CANCÃO

>Deixem a briguinha para o caminho. Adeus e boa viagem para todos! *(Saem LÚCIA, ROBERTO e SUSANA.)* Agora nós, Frei Roque. Nisso tudo, meu medo era ir para o inferno! O senhor acha que dá pra isso?

FREI ROQUE

>Sei lá, Cancão, sei lá! Tem umas coisas certas, umas doidices... Mas uma coisa eu lhe digo: de outra vez escolha outro para dar suas cacetadas, viu? E me deixe, estou todo quebrado, preciso dormir.

CANCÃO

>Pois vá, Frei Roque, vá na paz de Deus. Acorde cedo, porque preciso me confessar o mais depressa possível.

DONA GUIDA

>Por causa da confusão?

CANCÃO

>Não, por causa da cobra.

FREI ROQUE sai, empurrando a cadeira de DONA GUIDA.

GERALDO

    Aqui estão suas custas, Doutor!

NUNES

    Geraldo! Que coração generoso! Você é único! *(Sai rapidamente dando uma meia-volta.)*

GERALDO

    O dia terminou! Que dia! Quem levou a paulada foi Frei Roque, mas quem está sentindo tudo sou eu. E as contas, as ambições, a mesquinharia... Estou me sentindo como se minha casa tivesse se transformado numa barraca de cigano. Estou me sentindo capaz de vender e trocar tudo!

GASPAR

    Até a mulher?

GERALDO

    Que mulher?

GASPAR

    Essa que você arranjou e despachou num dia só. Troca a mulher também?

GERALDO

    Troco. Dou por sua mãe e você me volta duas irmãs solteiras! Vamos?

CANCÃO

    Vamos. *(Os três se encaminham para o proscênio.)*

GERALDO

Espectadores, o autor é um moralista incorrigível e gostaria de acentuar a moralidade de sua peça.

CANCÃO

Eu e Gaspar éramos amigos fiéis dele e isso não impediu que cobiçássemos seu dinheiro. E, ao primeiro apelo da carne, eu o traí com sua noiva. Isto é errado, foi o que aprendi.

LÚCIA

(Entrando com ROBERTO e SUSANA.) Eu aprendi que a luxúria é um caminho de perdição.

ROBERTO

Eu, que a cobiça é outro.

SUSANA

Eu, através do ridículo e do castigo, aprendi a respeitar a pureza da família.

FREI ROQUE

(Entrando com DONA GUIDA.) Para elas o dinheiro tinha um caráter de prêmio, servindo como uma espécie de absolvição sacrílega para os atos mais baixos.

NUNES

(Entrando.) Eu fiz um juiz desonesto, e juntei-me aos outros, nesse concerto de imoralidade. Tudo isso forma um conjunto com o autor.

Dona Guida

　　Com os atores.

Gaspar

　　E até com o respeitável público.

Geraldo

　　Por isso lanço um olhar melancólico a nosso conjunto e convido todos a um apelo. É uma invocação humilde e confiante, a única que pode brotar sem hipocrisia desse pobre rebanho que é o nosso. E assim, juntando-me aos outros atores e ao autor, peço que digam comigo:

Todos

　　Que o Cordeiro de Deus, que tira o pecado do mundo, tenha misericórdia de todos nós.

　　　　　　　　　Pano.

Recife, 10 de junho de 1957.
26 de julho de 1957.

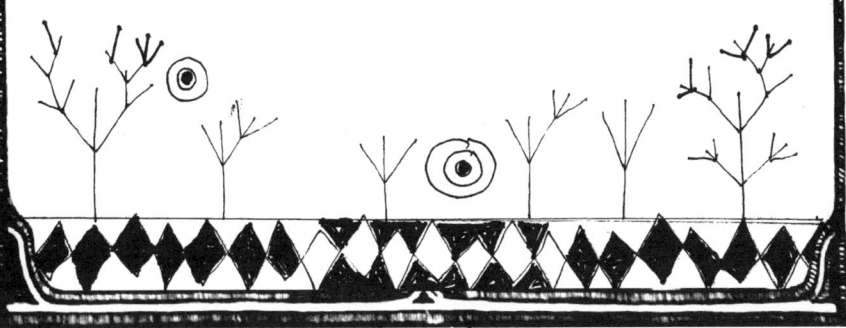

Nota Biobibliográfica
Carlos Newton Júnior

Poeta, dramaturgo, romancista, ensaísta e artista plástico, Ariano Vilar Suassuna nasceu na cidade da Paraíba (hoje João Pessoa), capital do estado da Paraíba, em 16 de junho de 1927. Filho de João Urbano Suassuna e Rita de Cássia Vilar Suassuna, nasceu no Palácio do Governo, pois seu pai exercia, à época, mandato de "Presidente", o que correspondia ao atual cargo de Governador. Terminado seu mandato, em 1928, João Suassuna volta ao seu lugar de origem, o sertão, fixando-se na fazenda "Acauhan", no atual município de Aparecida. Em 9 de outubro de 1930, quando Ariano contava apenas três anos de idade, João Suassuna, então Deputado Federal, é assassinado no Rio de Janeiro, vítima das cruentas lutas políticas que ensanguentaram a Paraíba, durante a Revolução de 30. É no sertão da Paraíba que Ariano passa boa parte da sua infância, primeiro na "Acauhan", depois no município de Taperoá, onde irá frequentar escola pela primeira vez e entrará em contato com a arte e os espetáculos populares do Nordeste: a cantoria de viola, o mamulengo, a literatura de cordel etc. A partir de 1942, sua família fixa-se no Recife, onde Ariano iniciará a sua vida literária, com a publicação do poema "Noturno", no *Jornal do Commercio*, a 7 de outubro de 1945. Ao ingressar na Faculdade de Direito do Recife, em 1946, liga-se ao grupo de estudantes que retoma, sob a liderança de Hermilo Borba Filho, o Teatro do Estudante de Pernambuco (TEP). Em 1947, escreve sua primeira peça de teatro, a tragédia *Uma Mulher Vestida de Sol*. No ano seguinte, estreia em palco com outra tragédia, *Cantam as Harpas de Sião*, anos depois reescrita sob o título *O Desertor de Princesa* (1958). Ainda estudante de Direito, escreve mais duas peças, *Os Homens de Barro* (1949) e o *Auto de João da Cruz* (1950). Em 1951, já formado, e novamente em Taperoá, para onde vai a fim de curar-se do pulmão, escreve e encena o entremez para mamulengos *Torturas de um Coração*. Esta peça em um ato, seu primeiro trabalho ligado ao cômico, foi escrita e encenada para receber a sua então noiva Zélia de Andrade Lima e alguns familiares seus que o foram visitar. Após *Torturas*, escreve mais uma tragédia, *O Arco Desolado* (1952), para então dedicar-se às comédias que o deixaram famoso: *Auto da Compadecida* (1955), *O Casamento Suspeitoso* (1957), *O Santo e a Porca* (1957), *A Pena e a Lei* (1959) e *Farsa da Boa Preguiça* (1960). A partir da encenação, no Rio de Janeiro, do *Auto da Compadecida*, em janeiro de 1957, durante o "Primeiro Festival de Amadores Nacionais", Suassuna é alçado à condição de um dos nossos maiores dramaturgos. Encenado em diversos países, o *Auto da Compadecida* encontra-se editado em vários idiomas, entre os quais o alemão, o francês, o inglês, o espanhol e o italiano, e recebeu, até hoje, três versões para o cinema. Em 1956, escreve o seu primeiro romance, *A História do Amor de Fernando e Isaura*, que permanecerá inédito até 1994. Também em 1956, inicia carreira docente na Universidade do Recife (depois Universidade Federal de Pernambuco), onde irá lecionar diversas disciplinas ligadas à arte e à cultura até aposentar-se, em 1989. Em 1960, forma-se em Filosofia pela Universidade Católica de Pernambuco. A 18 de outubro de 1970, na condição de diretor do Departamento de Extensão Cultural da Universidade Federal de Pernambuco, lança oficialmente, no Recife, o Movimento Armorial, por ele idealizado para realizar uma arte brasileira erudita a partir da cultura popular. Passa, então, a ser um grande incentivador de jovens talentos, nos mais diversos campos da arte, fundando grupos de música, dança e teatro, atividade que desenvolverá em paralelo ao seu trabalho de escritor e professor, ministrando aulas na universidade e "aulas-espetáculo" por todo o país, sobretudo nos períodos em que ocupa cargos públicos na área da cultura, à frente da Secretaria de Educação e Cultura do Recife (1975-1978) e, em duas ocasiões, da Secretaria de Cultura de Pernambuco (1995-1998 / 2007-2010). Em 1971, é publicado o *Romance d'A Pedra do Reino e o Príncipe do Sangue do Vai-e-Volta*, um longo romance escrito entre 1958 e 1970, e cuja continuação, a *História d'O Rei Degolado nas Caatingas do Sertão — Ao Sol da Onça Caetana*, sairá em livro em 1977. Na primeira metade da década de 1980, lança dois álbuns de "iluminogravuras", pranchas em que procura integrar seu trabalho de poeta ao de artista plástico, contendo sonetos manuscritos e ilustrados, num processo que associa a gravura em offset à pintura sobre papel. Em 1987, com *As Conchambranças de Quaderna*, volta a escrever para teatro, levando ao palco Pedro Dinis Quaderna, o mesmo personagem do seu *Romance d'A Pedra do Reino*. Em 1990, toma posse na Academia Brasileira de Letras, ingressando, depois, nas academias de letras dos estados de Pernambuco (1993) e da Paraíba (2000). Faleceu no Recife, a 23 de julho de 2014, aos 87 anos, pouco tempo depois de concluir um romance ao qual vinha se dedicando havia mais de vinte anos, o *Romance de Dom Pantero no Palco dos Pecadores*.

DIREÇÃO EDITORIAL
Daniele Cajueiro

EDITORA RESPONSÁVEL
Janaína Senna

PRODUÇÃO EDITORIAL
Adriana Torres
Laiane Flores
Juliana Borel

FIXAÇÃO DE TEXTO
Carlos Newton Júnior

REVISÃO
Alessandra Volkert
Bárbara Anaissi

DIREÇÃO DE ARTE
Manuel Dantas Suassuna

REPRODUÇÃO FOTOGRÁFICA DAS ILUSTRAÇÕES
Léo Caldas

CAPA E PROJETO GRÁFICO
Ricardo Gouveia de Melo

DIAGRAMAÇÃO
Filigrana

Este livro foi impresso em 2021
para a Nova Fronteira.